Dubliners

都柏林人

[爱尔兰] 詹姆斯·乔伊斯 / 著
杜若洲 / 译

天地出版社 | TIANDI PRESS

图书在版编目（CIP）数据

“尤利西斯”三部曲 /（爱尔兰）詹姆斯·乔伊斯著；萧乾，文洁若，杜若洲译 .—成都：天地出版社，2019.9
ISBN 978-7-5455-4520-3

Ⅰ.①尤… Ⅱ.①詹… ②萧… ③文… ④杜… Ⅲ.①长篇小说—爱尔兰—现代 Ⅳ.① I562.45

中国版本图书馆 CIP 数据核字（2018）第 303106 号

"YOULIXISI" SAN BU QU
“尤利西斯”三部曲

出品人　杨　政
作　者　[爱尔兰] 詹姆斯·乔伊斯
译　者　萧　乾　文洁若　杜若洲
责任编辑　杨永龙　聂俊珍
装帧设计　杜尚视觉
责任印制　葛红梅

出版发行　天地出版社
（成都市槐树街 2 号　邮政编码：610014）
（北京市方庄芳群园 3 区 3 号　邮政编码：100078）
网　址　http://www.tiandiph.com
电子邮箱　tianditg@163.com
经　销　新华文轩出版传媒股份有限公司

印　刷　天津画中画印刷有限公司
版　次　2019 年 9 月第 1 版
印　次　2019 年 9 月第 1 次印刷
开　本　710mm × 1000mm　1/16
印　张　100.5
字　数　1628 千字
定　价　268.00 元（全三册）
书　号　ISBN 978-7-5455-4520-3

咨询电话：（028）87734639（总编室）
购书热线：（010）67693207（营销中心）

詹姆斯 · 乔伊斯（James Joyce, 1882—1941）（1904 年摄）

乔伊斯母亲

乔伊斯父亲

乔伊斯出生的家

乔伊斯两岁小影

33 岁的乔伊斯（1915 年）

乔伊斯写给诺拉的第一封信

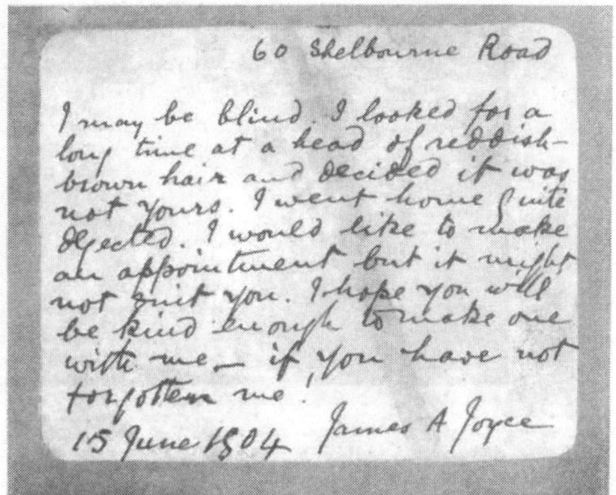

60 Shelbourne Road

I may be blind. I looked for a long time at a head of reddish-brown hair and decided it was not yours. I went home quite dejected. I would like to make an appointment but it might not suit you. I hope you will be kind enough to make one with me — if you have not forgotten me!

15 June 1904 James A Joyce

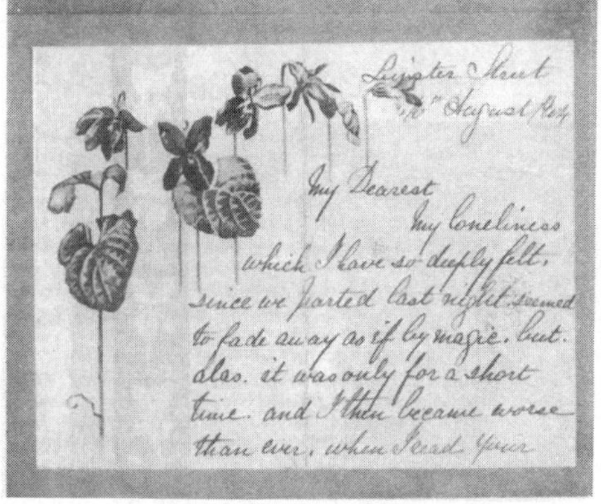

Leinster Street
16th August 1904

My Dearest

My Loneliness which I have so deeply felt, since we parted last night seemed to fade away as if by magic. but alas. it was only for a short time. and I then became worse than ever. when I read your

诺拉给乔伊斯的信

乔伊斯的太太诺拉
（直至 1931 年两人才正式结婚）

38 岁的乔伊斯（1920 年）

乔伊斯全家福（1920 年，巴黎）

都柏林市街

乔伊斯生平

我选择以都柏林为故事的场景，因为这个城市显然是麻痹的中心。我试着用四种角度：儿童、青少年、成人、公众生活，将这种麻痹呈现给冷漠的社会大众。

——詹姆斯·乔伊斯

詹姆斯·乔伊斯（James Joyce，1882—1941），爱尔兰小说家，与法国的普鲁斯特并列为20世纪对小说革命影响力最深远的作家。

1882年2月2日，乔伊斯出生于都柏林一个逐渐没落的中产阶级家庭。当时爱尔兰是英国的贫穷属地，如果将他为文学献身的这个特征除外，那么他一生最大的特征就是贫穷。

他的父亲是都柏林的税吏，热爱声乐，喜欢开玩笑，拥有一副美好的男高音嗓子，是个快活的人。母亲则是个虔诚的天主教教徒，弹得一手好钢琴。父母亲的气质，正是都柏林这个城市气氛的缩影，给乔伊斯的文学投下鲜明的影子，乔伊斯也从他们身上继承了独特的语言感觉和音乐细胞。

乔伊斯所读的学校当然是名校——耶稣会系统的克朗戈伍斯森林公学，但父亲失业伴随而来的家运衰退，使得他不得不退学回家。

不过随后他就又以公费生的身份，转入另一所名校——贝维代学院就读，在那里他习得拉丁语、法语和意大利语，但下定决心不从事神职。

1898年，乔伊斯进入皇家大学都柏林学院就读，深为福楼拜、易卜生、豪普托曼所倾倒。

1900年，乔伊斯为易卜生的《当我们死而复醒时》写了一篇名为《易卜生的新戏剧》的论文，发表于《半月评论》杂志上，易卜生因此还特地向他致函表示感谢。

由这件事以及翌年他自费出版《喧嚣的时代》，批评爱尔兰文学剧场的褊狭性这个事实，可以清楚地得知乔伊斯对欧洲怀有向往和憧憬。

1902 年乔伊斯大学毕业后，考虑到家里的经济情况，打算进入医学院就读，但旋即又退学前往巴黎，在身无分文的状态下研习文学。这个时期，他看到了给予他的“内在独白”手法强烈影响的埃杜阿·杜雅尔丹的《月桂树被砍倒了》。

1903 年，乔伊斯接到母亲病危的通知返国，母亲临死之际，恳求儿子为她祈祷，但被他拒绝了。这个伤痛始终折磨着乔伊斯的心。

同年他也担任小学的临时教师，6 月 16 日（这是个值得牢记的日子）认识后来成为他妻子的穷家女诺拉·巴那克尔，不久两人共赴欧洲。

乔伊斯起先在的里雅斯特的一所学校任教，接着成为罗马的银行职员，随后回到的里雅斯特当教师，然后又在该地和苏黎世当家庭教师，继续过着赤贫的日子。

另外他也四处奔走，想在都柏林设立电影院，之后虽然成立了，但不久即宣告倒闭。接受皇家文学基金的补助也是在这个时期。

不过当时他已经在叶芝的介绍下认识了庞德，经由庞德的帮忙，乔伊斯得以在《唯我主义者》杂志连载执笔多年的长篇《一个青年艺术家的画像》，该书在 1916 年出版。同时被出版社要求删改内容而长期僵持不下的短篇小说集《都柏林人》也在 1914 年出版。在这之前，乔伊斯曾经返国两次，但《都柏林人》与爱尔兰出版社之间产生的不愉快，使得他以后再也没有踏上祖国的土地。

1918 年起，他开始在纽约的《小评论》杂志连载长篇《尤利西斯》。1920 年，乔伊斯移居巴黎，这部巨著最终在 1922 年出版。

这部里程碑式的作品确立了乔伊斯的声名和地位，让他成为欧洲新文学的巨星。

1923 年，乔伊斯立刻着手执笔的大作《芬尼根的守灵夜》，以“进展中的作品”为题，分别在各种杂志上连载，并且以小册子的形式出版。

1939 年，《芬尼根的守灵夜》出版，1940 年乔伊斯移居苏黎世。1941 年，乔伊斯因十二指肠溃疡穿孔辞世，葬于苏黎世的弗林贴隆墓地，享年 59 岁。

乔伊斯一生中值得瞩目的事件，除前述的那些，还有他的眼疾、酗酒以及他的女儿露西亚的发疯。而他的作品除恋爱诗集《室内乐》、短篇集《都柏林人》、长篇小说《一个青年艺术家的画像》《尤利西斯》，还有剧本《流亡者》、诗集《一分钱一首的诗》，以及在他去世后发现的散文诗《雅可莫·乔伊斯》。

而他从 1923 年起，花了 15 年才完成在各种杂志上分载的“进展中的作品”——《芬尼根的守灵夜》，则在一个名叫 H. C. 伊亚里加的醉汉的一个梦中，将人类史予以封闭，以毕戈的连环型历史观完成体系。

这是个壮丽的尝试，在创造新的语言的同时，也创造出新的世界。乔伊斯文学上的试验不只是英语圈，就连法国的“新浪漫派”，以及南美拉丁语系诸国的新作家也深受影响。

乔伊斯的文学养料极为广大而多元，不过给予他的青年时代最大影响的，还是 19 世纪以后的欧洲大陆文学，特别是福楼拜的小说。正如《都柏林人》所显示出来的，作为小说家的他可以说是从自然主义式的写实主义作风出发的。

但即使是福楼拜，在《布瓦尔和佩库歇》以及《圣安东尼的诱惑》中，也还是会显示出不同的局面。一般的欧洲文学大都显现出受到象征主义的影响，再从对个别事物的探究转为对原型进行探究。

乔伊斯在《一个青年艺术家的画像》之后开始运用以神话作为结构写作小说的方法，在狭隘的意义上，是采用爱尔兰文艺复兴的方法，但若是放在更广大的视野中去看，却是象征主义文学的必然展开。

而象征主义的特质之一，就是对表现形式的极端执着。比如，乔伊斯就将他的小说《一个青年艺术家的画像》以小儿语为首的各种文体的变化这种形式予以成立，这个态度显现出他的决心，亦即只有经由这个方法，才能正确阐述一个人的成长与发展过程，也就是说，只有这样才能完全表现人生诸相。

他的新技法——著名的“意识流”独白、谐音和创造新的语汇，如果都视为他要将人生诸相封闭在小说中的尝试，应该是最正确的解释。

在描写恋爱中的都柏林青年心情的第一本诗集《室内乐》里，年轻的乔伊斯把从伊丽莎白王朝的诗中获得的主题，以象征派诗人维尔伦的“诗法”予以表达出来。

通过深受20世纪末欧洲文学青年喜爱的乔伊斯的短篇集《都柏林人》，可以看出法国的短篇小说，特别是福楼拜的《三故事》对其的影响。

对从文学中做出文学来的乔伊斯来说，他“贪婪”采撷的过去的文学都变成了他的东西，被赋予了新生命。乔伊斯就是经由唤醒文学本来的生命力，而成为革新派的作家的。

《尤利西斯》出版后的第二年，T. S. 艾略特这样写道：“这部作品给予了我所追求的一切吃惊、喜悦和恐怖。”他认为这是一部宣告一个时代结束和一个新时代开始的作品。正如《乔伊斯传》的作者艾尔曼所说：“我们现在也还是想要做和乔伊斯同时代的人。”

乔伊斯以后的作家“全都承蒙他的恩惠”，如果硬要将他的影响力予以分类，那么情况大致是这样的：跟他有直接个人关系的作家，有伊塔罗·兹维伏、塞缪尔·贝克特，而弗兰·奥布莱恩、安东尼·巴詹斯等代表爱尔兰和英国的出色作家，则公开尊崇他为导师。

至于20世纪法国文学界新小说派的健将阿兰·罗布－格里耶、米歇尔·布陶，1985年诺贝尔文学奖得主克洛德·西蒙等受他的影响也是很显著的。而经由多斯·帕索斯、福克纳、瓦尔达等人，乔伊斯的影响力也广泛浸透进美国文学更是众所周知的事实。

『都柏林人』创作来源

构成《都柏林人》的15个短篇小说，描写的全都是埋没在“麻木的中心”——都柏林，或者在都柏林遭受挫折而想要从那里逃离出来的人，这个城市飘散着“特殊的腐败臭味”。

这部作品以向福楼拜学来的精致的文体写成，登场的各式各样的人物所遭受的挫折及想要逃离都柏林的梦想，成为本书重要的主题之一。其中，每一个短篇都采用了所谓的“显现”手法，也就是事物的本质和表象会同时全部闪现而出，与捕捉“突然的精神启示”的显现手法相辅相成，显示出写实主义和象征主义相融合的乔伊斯艺术的特质。

这15个短篇小说既是各自独立的作品，同时又构成一个有机整体。各个短篇分别为人的幼年期、青春期、成年后和进入社会四种生活状态，从多个视角描述都柏林人的总体现状。

这里登场的人物，有很多也在《芬尼根的守灵夜》及乔伊斯其他作品中出现。这个短篇集可以视为乔伊斯文学世界里的居民的原始户籍簿。

在老神父的守灵之夜，少年第一次和死亡相遇，这占领了《姊妹》的开头部分，而以思索死亡的中年男子加布里埃尔·康罗伊的幻想结束《死者》的安排，则让人预先想到《芬尼根的守灵夜》的连环构造。

以评论易卜生《当我们死而复醒时》的论文为序，用守灵之夜（《姊妹》）开始，以守灵之夜（《芬尼根的守灵夜》）结束，贯穿乔伊斯全部作品的守灵之夜，准确地说，那不正是快活、嘈杂的爱尔兰守灵之夜的影像吗？

他一生一直在持续写下去的，可以说是一本诉说神的守灵之夜与觉醒的超级大作。《死者》是《都柏林人》的最后一篇，并且也是最长的一篇。主人公加布里埃尔在所有意义上都是乔伊斯自身的投影，而在文中占有重要位置的妻子葛莉塔，则显然是诺拉。

年轻夫妻在圣诞节从欧洲大陆返回都柏林，应邀参加莫肯姐妹朱莉娅和玛丽·简（加布里埃尔的阿姨）的舞会和晚宴。文章大部分都在精细描写宴会，但天快亮时，两人回饭店休息，没想到加布里埃尔突然得知妻子婚前有过情人，大感惊愕，不过听到妻子说对方在少年时就死了后，重新深深怀念起死者来，故事也就在这里结束了。

1904 年前后，乔伊斯对朋友科斯格雷布和歌格迪的恶作剧信以为真，怀疑诺拉和科斯格雷布之间有不可告人之事，深受折磨，几近疯狂地奔到别的朋友那里。

那是在 1909 年 8 月回都柏林时所发生的事情，之后乔伊斯似乎无法摆脱这种先入为主的观念，不久就写出了以三角关系为主题的剧本《流亡者》（另外，《尤利西斯》里马里昂·布尔姆通奸这件事，也不能说与这没有关联）。

1905 年年底，乔伊斯对他的婚姻生活感到绝望，很想从中逃离出来。直到 1907 年为止，他都没有带诺拉回都柏林，所以或许是乔伊斯从 1902 年圣诞节到新年期间回故乡时所发生的事情，成为这个故事的背景也说不定。因此这里自传性质的要素虽然很多，但也有不少虚构的设定。

抵达莫肯姐妹家的加布里埃尔，被看门人的女儿一番尖刻的话语弄得心里七上八下——这里挫折已经开始了。接着是玛丽·简的钢琴演奏，各种回忆随着那演奏来来去去。在跳方块舞时，一起跳的艾服小姐是民族运动的支持者，加布里埃尔向她说明自己给保守派色彩极浓的报纸《快讯日报》投稿这件事情，但对方却无理取闹，还骂加布里埃尔是假英国鬼子，这是第二个挫折。

晚宴的餐桌上，加布里埃尔努力保持愉快的状态切鹅肉分给大家，也致辞向莫肯姐妹表示谢意。这里是文章的高潮之处。以下引用餐桌上的描写，来说明乔伊斯的文笔所发挥的无与伦比的精密度——

一只棕色大肥鹅躺在桌子的一头，而另一头在一层撒满了荷兰芹碎叶的绉纸上放了一大块火腿，火腿已剥去外皮，遍撒面包碎屑，一张干净的纸饰围起胫骨。旁边是一大片加料的牛腿肉。在这些美食上一溜排上小菜：两小叠堆成塔状的果冻，一红一黄；一浅盘凉乳胶加红果酱，一只连梗绿叶大盘，上面放了成团的紫葡萄及去皮杏仁。一只同式盘上放着堆成实心长方形的士每拿无花果，一盘上面撒碎肉豆蔻的软糕，一小碗满满的巧克力及用金银纸包起的糖果，还有一只玻璃瓶，里面立着一些长长的芹菜梗子。在桌子中央放着的，是两个胖肚子老式水晶玻璃瓶，一瓶盛着白葡萄酒，一瓶盛着红葡萄酒，像两名卫兵守着一只果盘，上头有叠成金字塔状的蜜柑与美国苹果。在那合起的方形钢琴上面，搁着一海盘等人来分的布丁，在这后面是三组瓶子，分别盛着黑啤酒、啤酒与矿泉水，按它们穿的制服排列，前两排黑瓶有棕色及红色的标签，第三排是白色小队，佩戴着交叉式绿绶带。

这幅画面让人联想起福楼拜的小说《包法利夫人》和《萨朗波》的某些章节给人的印象，简直就像是在看着缓缓移动的“镜头”所捕捉的各种事物似的。

最后，宴会在大家的合唱中结束，人群向外散去。葛莉塔出来时，加布里埃尔发现她正在侧耳倾听一个男歌手唱歌。之后加布里埃尔问她，才知道那是名叫《奥赫云少女》的歌谣。

看着走在前面的葛莉塔，加布里埃尔突然想起新婚时的情景，心里对她涌现出肉欲式的爱……马车在下雪的都柏林市街上奔驰，随后抵达饭店，他进入房间后正想拥抱妻子，妻子的情形却显得有些不对劲。

几番追问之下，她哭着说从前在迦尔威时，爱慕她的少年迈可·富锐经常为她唱的就是刚才那首《奥赫云少女》。

加布里埃尔的屈辱感，加上听到少年已死时的困惑和感动，使得加布里埃尔出乎意料地涌现出温柔的怜悯之情。

房间里的空气令他的两肩感到寒冷，他小心翼翼地将身子钻进被子下面，躺到妻子的身边。他们会一个接一个地全成为幽影，最好的是披着一种激情的全面荣光勇敢地走进另外一个世界，胜过因为老迈而可怜地褪淡萎缩。他想到，躺在他身边的她，这些年来在她的心扉里，一直锁着她情人向她说他不想活下去时的眼神。

加布里埃尔的眼里溢出了大量的眼泪，他自己从未对任何女子有过那样的感觉，然而他知道，这样一种感情必定是爱。他眼中的泪水愈积愈多了，而在幽幽的黑暗中，他想象他看见了一个少年人，站在一棵滴着雨水的树下面。他旁边还有别的影子，他的灵魂已走进无数逝灵所居之域。他意识到他们飘忽明诚之间的存在，他自己的存在也渐渐隐入一个不可触及的灰暗世界：这些逝灵从前生长居住过的实地世界，则在渐渐瓦解与缩小。

敲在窗玻璃上的几下拍打声使他转向窗户，天又开始下雪了。他睡眼惺忪地望着那些翻银闪白的雪花，倾斜着落向路灯，这该是他向西出发旅行的时候了。不错，报纸上说得对：爱尔兰全境都降雪了。雪落在那片肥沃中央平原的每个地方，落在那些光秃秃的丘陵上，轻柔地落在更远处的艾伦沼泽上，轻柔地落进山农河出海处阴暗险恶的波涛中。雪也落在迈可·富锐长眠的山上墓园的每个角落。片片雪花堆积在那些歪歪斜斜的十字架与墓石上，堆积在小小园门的尖矛上，堆积在那些荒凉的荆棘上。他听着白雪无声地落在这个世界的每个地方，无声地落着，就如它们落向最后的归宿，落在一切活人与逝灵身上，他的灵魂慢慢地失去了知觉。

这几段话展现出主人公心里俯瞰爱尔兰的范围在扩大。下雪的爱尔兰，是一辈子也没有从流浪的乔伊斯脑海中抹去的故国影像。

总而言之，《死者》的终曲是乔伊斯接下来诸作品的“序曲”，正如S. L. 高德巴克所说：这是一部小小的杰作。

目录

姊妹

THE SISTERS

● ○

他这一次真的没指望了：这是第三次中风。一夜又一夜，我经过那座房子（那时候是假期），又仔细查看那扇有灯光的窗框；一夜又一夜，我发现那灯光总是同样的微弱而均匀。我想，他要是死了呢，那阴暗的百叶窗上应该看得到蜡烛的投影，因为我知道，尸体的脑袋前一定得放两支蜡烛[1]。他以前常跟我说，“我活不久了”，我没把他的话当真，我现在才知道这是真话。每天晚上我凝望那扇窗的时候，总是轻声地对自己说“瘫痪”这个词。在我听起来这总是显得怪异，正如欧几里得几何学里面的“gnomon”[2]这个词，又像是天主教会教理问答里面的“simony”[3]这个字眼。现在听来，这就更像是什么罪人的名字。这件事使我心里充满了恐惧，可是我又渴望更靠近一点，来看看它杀人夺命的结果。

我下楼去吃晚餐的时候，老柯特正坐在火炉边吸烟，就在我姑妈替我用汤勺舀燕麦粥之时，他说话了，仿佛是在重新说他之前说过的一句话：

“我倒不是说他确实是……但总有那么一点古怪……他这个人有那么点高深莫测，你不妨听听我的想法……”

他说着就把他的烟斗吸得噗噗作响，想必是在心里整理想法。这个让人生厌的老蠢物啊！想当初我认识他的时候，他讲些酿酒方面的事情倒还挺有

1 这是爱尔兰风俗，并非什么宗教仪式的规定。——译者注，下同。

2 在欧几里得几何学中，在一个平行四边形的一角除去一个类似的平行四边形，所余部分即为“gnomon”。

3 simony 为神圣事物的世俗交易，其如居间买卖教职的升迁。此词出于《圣经》，谓有撒玛利亚术士西门见诸使徒行异能而羡慕，欲用一笔钱来买其奥秘。在罗马天主教会教理问答书中，圣职买卖被列为触犯第一诫令的罪。

趣的，但是，他讲起这些事情来没完没了，我马上就厌倦了他。“这件事我有个说法，”他说，“我想这是一件……怪事……可也真难说呢……”

他没把他的想法讲给我们大家听，就又开始噗噗地吸他的烟斗了。我姑父看见我在干瞪眼，就跟我说：

“哎，你的老朋友走了，你听了一定很难过吧？”

“谁呀？”我说。

“弗林神父。”

“他死了吗？”

“柯特先生刚才告诉了我们，他正好路过这里。”

我知道人家在瞧着我，所以就装作不在意这个消息，埋着头吃东西。我姑父向老柯特解释：

“这孩子跟他是好朋友。你知道，那个老家伙教过他不少东西。有人还说，他对这孩子颇寄厚望呢。”

“求神怜悯他的灵魂。”我姑妈恭恭敬敬地说。

老柯特盯着我瞧了一会儿，我感觉到他那双老鼠似的眼睛在打量着我，但我头也没抬，对他不理不睬。他又吸起烟斗来了，后来又放肆地把痰吐到炉架里面去。

“要是我自己的孩子，才不许他跟这样一个人多说话呢。”他说。

“柯特先生，你这话的意思是说……”我姑妈问。

“我的意思是说，”老柯特说，“这对孩子不好。我的想法是，年轻人要跟年轻人在一起玩乐，而不要……杰克，你说对吗？”

“我也是这个意思，”我姑父说，“他要学会自己去奋斗，我常常跟那些蔷薇十字会会员[1]说，要多运动。想当年我年纪小的时候，就是在大冬天时也

1 指罗生克鲁神父所倡秘密僧团之成员。相传这些人于15世纪朝圣途中发现东方秘密智慧。引申而言，此名泛指耽于梦想而有出世行为的人。在20世纪初，都柏林知识分子颇多热衷于此——秘教的研究。

感觉像夏天一样，一大早就起来冲个冷水浴，所以我今天才这么硬朗。教育是非常博大精深的……”

“柯特先生可以再来一点羊腿肉。”他回过头向我姑妈说。“谢了，谢了，谢了。”老柯特说。

我姑妈把那盘羊肉从纱橱里端出来，搁在餐桌上。

“请问柯特先生，你为什么认为这对孩子不好呢？”她问。

“这对孩子不好，”老柯特说，“因为他们的心地太容易受影响了。你知道，孩子们若是见到了这些事情，就会受到影响……”

我用燕麦粥把自己的嘴给堵住了，免得把怒气发泄出来。这个讨厌的红鼻子老白痴！

我睡下的时候夜已经深了。虽然想到老柯特把我当作一个孩子这事就感到生气，但脑子却在不停地打转，想要弄明白他吞吞吐吐说的那些话的意思。在黑暗的房间里，我想象自己又见到了中风病人那张表情迟钝的灰色的脸。我用毯子把头蒙起来，尽量去想圣诞节的事情。可是那张灰脸仍然紧跟着我，它喃喃自语，我心里明白它想要告诉我些什么。我觉得我的灵魂退到了一个愉快而邪恶的地方，可那张脸又在等着我，它开始轻声向我忏悔，而它总是微笑着，嘴唇又是那么湿润，让我觉得很奇怪。后来我才想起来，他是中风而死的，于是我觉得我也在那么淡淡地微笑着，仿佛要原谅他买卖圣职的罪过。

第二天早上吃过早餐，我就到大不列颠街去看那座小房子了。这是一家不起眼的店面，本来是用“布料店”这个含糊的名字登记的。这家布料店主要卖的是儿童穿的鞋子及雨伞，在平常的日子，窗户上通常有个招贴，上面写着：“复旧雨伞出售。”现在那些百叶窗都拉上了，那招贴也看不到了。门把上用缎带系着一个吊丧的花束，两个穷妇人跟一个送电报的男孩正在读那张别在缎带上的卡片。我也走过去一起读：

詹姆士·弗林牧师（前米斯街圣·凯瑟琳教堂的牧师）逝世于1895年7月1日，享年65岁。愿他安息。

读了这张卡片，我终于相信他死了，顿时觉得心里一阵慌乱。他要是没死的话，我就会走进这家店后面那间阴暗的小房间，看见他坐在火炉边的扶手椅子里，穿着那件几乎让他窒息的大衣。也许我姑妈会给我一包鼻烟，叫我送给他，而这样的馈赠物能使他从昏睡中清醒过来。每次总是我把烟倒在他那只黑色鼻烟盒里，因为他的双手抖得很厉害，若他自己做这件事，准会把一半的鼻烟撒在地板上。就连把那只颤抖的大手举到他的鼻子前的时候，也会有丝丝缕缕的烟末从他的指缝里漏下来，落在大衣的前襟上。大概就因为这一阵阵散落的烟末，他那件古色古香的道袍染上了幽幽然的绿色，而他那条红色手绢，也因为他常年这样吸烟而变黑了，尽管他想用这手帕把落下来的烟灰擦掉，却没什么效果。

我很想走进去看看他，却没有勇气敲门。后来我就沿着街道向阳的一面慢慢走开了，一路上读着那些商店橱窗上贴着的戏院广告单。我觉得很奇怪，我的心里以及那一天的气氛，似乎都没有哀悼的味道。我甚至有点懊恼，因为发现心里头有种得到自由的快意，仿佛他一死我就摆脱了什么一样。我对于这种感受感到困惑，因为我的姑父在昨天晚上还说过，他教了我不少东西呢。他从前在罗马的爱尔兰学院求过学，曾经教我正确的拉丁文发音，他曾经告诉我地下墓窖以及关于拿破仑的掌故，他也曾经向我说明不同弥撒仪式以及祭司所穿的不同祭服。他有时候为了解闷，拿一些难题来问我，譬如一个人处于某些情况时该怎么办，或者哪些罪是重罪还是轻罪，或者只是不检点而已。他所提的这些问题使我明白，教会的某些规矩原来是这么复杂而神秘，不是我一向所以为的那么简单。祭司对圣餐以及对忏悔保密人所负的责任，在我看来是那么重大，而竟然还有人敢于承担，真令我感到稀奇；听他说教会的神父写了许多像《邮局索引》那么厚的书，而且密密麻麻的，像报纸上的法律通告来阐明这些错综复杂的问题，我也就不感到奇怪了。每当我想到这一点，我总是答不上话来，要不然就回答得很愚蠢，还犹豫着要不要说下去。他听后总是微笑着点两三下头，这时候他要我把我心里背熟的弥撒应答词唱出来，我要是背得流利无碍，他就会若有所思地微笑点头，不时捻起大把的鼻烟，轮流向每个鼻孔送。他微笑的时候，总是露出他那些变了色的黄板牙，而且舌头贴在下嘴唇上。在我们刚认识还不太熟的时候，他这种习惯使我觉得不自在。

我在太阳下走着的时候，想起了老柯特所说的话，又想要回忆那个梦里面后来发生的事情。我记得我看到了长长的绒布窗帘，以及一盏摇晃着的古灯。我觉得我是在一个很遥远的地方，在一个风俗习惯都新奇的地方，我想是在波斯……但是，这梦的结局想不起来了。

晚上，我姑妈带着我一起去拜访丧家。那时候太阳下山了，但是西边那些房屋上的玻璃窗都辉映着金黄色的云彩。南妮在客厅接待我们，由于这时候不宜对她高声说话，我姑妈就只是与她握了握手。这位老妇人带着询问的神色用手指指上面，见我姑妈点了头，就在我们前面带路，走上那道狭窄的楼梯，而她垂下来的头，比栏杆高不到哪里去。到了楼梯口她停下来，用手势督促我们走向灵房那扇敞开的门。我姑妈走了进去，我有点迟疑，这老妇人见我如此，就开始用她的手一再向我示意。

我踮着脚走进去了，这房间透过窗帘的花边，洋溢着黄昏时的金色光线，烛光在其中就显得苍白而单薄了。他已经落了柩。南妮带头，我们三个人都跪在床尾，我想要祈祷，但是因为老妇人的喃喃低语而分了心，思绪一片茫然。我看到她的裙子是那么笨拙地扣在背后，她那双布靴子的后跟破旧得塌到一边。于是我在心里幻想，现在躺在棺柩里的老祭司一定还在那里微笑吧。

可是，等我们站起身来走到床头时，我看到他并没有微笑。他躺在那儿，庄重而舒泰，好像为了上祭坛而穿好了。那双大手松松地握着一只圣杯。他那张灰色的大脸显得很蛮横，上面有两个黑色的大鼻孔，周围是一圈稀薄的白发。房间里有一种浓浓的气息，原来是花香。

我们祝福了自己以后，就走开了。在楼下的小房间里，我们看见伊莉莎庄重地坐在他生前常坐的那张扶手椅子里。我摸索着走向角落里我平常坐的椅子，这时候南妮走到餐具架前，拿出一瓶雪梨酒及几只玻璃酒杯。她把这些放在台子上，并请我们大家喝一小杯葡萄酒。然后，听她姐姐的吩咐，她把雪梨酒倒进那些杯子递给我们。她热心地劝我吃一些奶油饼干，却被我婉谢了，因为我想那样会发出很大的声响。她见我不吃有点失望，就悄悄走到沙发那里，在她姐姐后面坐了下来。没有人说话，我们全都凝视着那个空无一物的火炉。

我姑妈一直等到伊莉莎叹了一口气，才说："说起来，他已经去了一个更好的世界。"

伊莉莎又叹了一口气并且低下头来表示同意。我姑妈先用手指抚摩了一下手上的玻璃杯，然后浅浅地喝了一小口。

"他当时……平安吗？"她问。

"夫人，很平安，"伊莉莎说，"简直看不出来他是什么时候断气的，赞美神，他死得很好。"

"那么，一切都……？"

"奥洛克神父本周星期二一直陪着他，替他敷了油，为他准备了一切。"

"他当时明白吗？"

"他相当顺服。"

"他看起来就是个容易顺服的人。"我姑妈说。

"我们叫来替他洗身子的女人就这么说。她说他看起来就跟睡着了一样，是那么安详而顺服，谁也没想到，他的遗容看起来那么完美。"

"一点不错。"我姑妈说。

她又就着杯口喝了一小口，说："我说弗林小姐，对你来说，你已经替他尽了人事，这无论如何总是一大安慰吧。你们姐妹俩对他都很好，这可不是奉承的话。”

伊莉莎抚平她膝盖上的衣服。“可怜的詹姆士！”她说，“神知道我们尽管贫苦，也尽了人事——在他还在的时候，我们不愿意见到他有什么短缺。”

南妮这时候已经把头靠在沙发枕头上，看样子快要睡着了。

“还有可怜的南妮，”伊莉莎一边说，一边瞧着她，“她实在累坏了。所有的工作都是我们做的，她和我请那个女人来替他洗身子，然后替他准备入柩，买棺材，然后又安排礼拜堂里的弥撒。要不是奥洛克神父，我真不知道我们到底该做些什么。是他替我们送来这些鲜花，又从教堂里拿来这两个烛台，替《自由人大公报》写了讣闻，还为墓园及可怜的詹姆士处理一切保险文件。”

“他这人不是很好吗？”我姑妈说。

伊莉莎合上眼睛，缓缓地摇了摇头。

“唉，老朋友才够朋友呀，”她说，“归根结底，身后事是不能靠朋友的。”

“这话一点不错，”我姑妈说，“我现在确信他已经得到了永世的报偿，一定不会忘记你们，以及你们给予他的种种好。”

“可怜的詹姆士！”伊莉莎说，“他活着时对我们来说并不是什么大麻烦，他在屋子里总是一声不响。可是呢，我知道他走了，而一切也都过去了……”

“那是因为一切都过去了，你们才想念他。”我姑妈说。

“这我知道，”伊莉莎说，“我不会再给他送牛肉汤了，夫人你也不用给他送鼻烟了。可怜的詹姆士呀！”

她停了下来，仿佛是在缅怀过去，接着又机敏地说：“你可知道，近来我就发现他有点不对劲。每次送牛肉汤到他那里去，我都发现他手上的每日祈祷书[1]掉在地板上，身子靠在椅子里，张着嘴巴。”

1　所载为日日“神职”事宜，凡在罗马天主教会中任重要职司者，皆须背记。文中，弗林神父由于一时“失职”前途尽弃，然犹念念不忘其初志。

她用一根手指按着她的鼻子，皱起眉头来，然后接着说：“可是，他还是念念不忘地说，在夏天还没过去以前，他要挑个好天气开车出去兜兜风，只为了再看一次爱尔兰镇不会发出噪声的马车——因为他说在钱宁拉许车行租一天不算贵，我们三个一起开车出去度一个星期日的黄昏。可怜的詹姆士……他心里老惦记着这件事！”

“愿主施恩予他的灵魂！”我姑妈说。

伊莉莎掏出手绢擦了擦眼睛，然后又把它放回到她的口袋里，凝望着那空炉架，好久没说话。

“他做人总是过于拘谨，”她说，“祭司的职责对他来说太重了。而他的一生，说起来是不得志的。”

“不错，”我姑妈说，“他是一个失意的人，这是看得出来的。”

小房间里这时候一片沉寂，趁着这个空当，我走向台子，尝了尝我那杯雪梨酒，然后又悄悄回到角落坐回椅子里。伊莉莎显然沉浸在一种深沉的回忆里面，我们都敬重地等着她来打破这沉寂。过了好一阵，她慢慢地说：

“都是因为他摔碎了那只圣杯……事情就是这样开始的。当然喽，他们说这没有关系，意思是说里面没盛什么东西，可是又不尽然……他们说，这是侍童的差错。但可怜的詹姆士那时候太紧张了，愿神对他慈悲！”

“就是那件事吗？”我姑妈说，“我听人说起过……”

伊莉莎点了点头。

“那对他的心理影响很大。”她说，“从那以后，他就开始郁郁不乐，不爱跟人说话，喜欢独自徘徊。于是，有个晚上他们有事找他，可是到处都找不着。他们上上下下都找遍了，还是没见到他的影子。后来那个书记建议到教堂去找找看，于是他们就拿了钥匙，打开教堂，那书记跟奥洛克神父以及另外一位神父拿着灯进去找他……你觉得他在哪里？他竟然坐在那黑漆漆的忏悔间里，眼睛睁得老大，在低声发笑呢。”

她突然停了下来，好像是在听什么。我也开始听，但是屋子里并没有声音。我知道，那个老祭司还像我们刚才见到的那样静静躺在他的棺材里。他死得那么庄重而痛苦，胸口上放着一只空圣杯。

伊莉莎又说：“睁着大眼，独自在发笑……要是他们看到这种情形，免不了会想他这个人有问题……”

一次邂逅

AN ENCOUNTER

● ○

最初把《荒野大西部》介绍给我们的是乔·狄隆。他有一批小小的藏书，主要是一些少年爱读的旧杂志。每天黄昏，在放学以后，我们都到他家的后花园，玩印第安人打仗的游戏。他跟他又胖又懒的弟弟雷奥要是占据马厩的顶楼，我们就进行猛烈的攻击；或者我们就在草地上打阵地战。可是，尽管我们骁勇善战，但在包围或战斗中我们从来没赢过。几个回合打下来，总是以乔·狄隆跳起胜利的战舞而结束。他的双亲每天早上八点钟都到加汀拿街去做弥撒。那屋子的大厅里弥漫着狄隆太太留下的宁静的气息。对我们这些比较年幼也比较胆小的孩子来说，他玩得实在太过火了。他在园子里到处蹦跳的时候，样子真有点像印第安人。他头上戴着一个旧的茶壶套，用拳头敲着一只铁皮罐头，嘴里嚷着："呀！呀喀，呀喀，呀喀！"

后来听说他要从事教会圣职的事业，大家都将信将疑，然而那是千真万确的。

我们身上有一种无法无天的戾气，在它的影响之下，教养跟气质的差异都被搁在一边了。我们集合在一起，有的胆大包天，有的嬉笑逗闹，还有的胆小怕事。后面这种人，都是些差劲的"印第安人"，他们不敢玩得太放纵，也不够气魄，而我就是其中之一。《荒野大西部》这部作品里面所描述的那些冒险故事，跟我的个性并不相符，可是它们至少为我开启了逃避的大门。我比较喜欢的是一些美国的侦探故事，那都是偶尔由几个粗野不驯却又美丽动人的女孩传过来的。尽管这些故事里面没什么不对的地方，尽管写作的志趣往往偏重于文学，但在学校里只能秘密地传阅。有一天，巴特勒神父正在听学生念《罗马史》里面的其中四页，却发现笨手笨脚的雷奥·狄隆身上有一本《半便士马威尔》杂志。

“是这一页还是这一页？这一页吗？狄隆，你站起来！‘当天’……念下去！哪一天？‘当天刚破晓’……你事先读过没有？你口袋里放着什么？”

雷奥·狄隆把那份杂志递上去的时候，大家的心都在扑通扑通地跳，可是又都装着不知情的样子。巴特勒神父翻着那本杂志，皱起了眉头。

“这是什么烂东西？”他说，“《阿巴奇酋长》？你竟然不读《罗马史》却读这种东西？别让我再看到这个学院里有这种差劲的东西。我猜想，写它的人一定是个差劲的三流文人，写这些东西来换酒喝。我实在想不到，像你们这样受过教育的孩子居然读这种东西，假如你们是……‘公立学校’的学生，我倒可以谅解。狄隆，我现在要好好地警告你，要认真读书，否则……”

此时我心中《荒野大西部》的荣耀，因为课堂上清醒时刻里的这番责备而大大逊色了。雷奥·狄隆那张困惑的胖脸更使我有一种良知上的觉悟。但是一等学校的拘束力量远离了，我又会渴望狂野兴奋的感受，渴望那些荒诞不经的故事带给我的那种逃避。黄昏时的这种假想战斗，到后来终于也变得像上午学校的课程那么无聊了，因为我想要的，是亲身经历真正的冒险。然而，我又想到那些守着家园的人，是不会碰到真正新鲜刺激的事情的：这些都必须到遥远的他乡去寻找。

眼看暑假就要到了，这时候我才下定决心，至少要用一天来打破学校的那种无聊乏味。我跟雷奥·狄隆及一个名叫麦杭尼的男孩商量好要逃学一天。我们每个人都存了六便士，约好早上十点钟在运河桥碰头。麦杭尼的大姐会替他写一张请假条，而雷奥·狄隆要他哥哥向老师说他病了。我们说好沿着码头走，一直走到船只停泊的地方，然后坐渡轮过海，再下船去看鸽子屋。雷奥·狄隆生怕我们会碰到巴特勒神父或学院里的人，不过麦杭尼反问说，巴特勒神父干吗要去鸽子屋？于是我们又都觉得心里的石头落了地，而我已经完成了这个计谋的第一个阶段，就是从他们两个人手里各收了六便士，同时拿出我自己的六便士给他们看。我们在出发前夕做最后安排的时候，全都感到莫名的兴奋。我们笑着互相握手，而麦杭尼说：“伙伴们，明天见。”

那天晚上我睡得很不安稳，次日早上我第一个抵达那座桥，因为我住得最近。我把我的书都藏在花园尽头灰坑附近的长草堆里，那是个没有人会去的地方，然后就急忙沿着运河堤岸走。那是六月第一周里的一个风和日丽的清晨，我坐在桥的顶盖上，欣赏着自己花了一个晚上用白黏土辛苦漂白了的轻便帆布鞋，并且远望那些驯顺的马儿把一车车工人拉上小山。林荫道两边那些高大树木的树枝，全都因为长出嫩绿色的小叶子而显得生机盎然，阳光穿过它们斜斜地照在水面上。坐着的花岗石渐渐暖和起来了，我开始用双手按心里想的一支曲子轻拍着石头。我觉得非常快乐！

我在那里坐了五到十分钟的时候，就看到麦杭尼穿着那身灰衣服走过来了。他微笑着走上小山，然后爬上桥坐在我身边。趁我们等雷奥·狄隆的时候，他从他那个塞得鼓鼓的裤袋里掏出弹弓，向我说明他所做的一些改良。我问他为什么把它带来，他说要跟鸟儿们玩玩。麦杭尼说话爱用俚语，而且爱管巴特勒神父叫“本生灯”。我们又等了一刻钟左右，仍然没见到雷奥·狄隆的影子，终于麦杭尼跳了下来说：“走吧。我就知道胖仔不敢来。”

“那他的六便士……”我说。

“就算是自动放弃，”麦杭尼说，“对我们来说这当然更好了——一先令六便士总胜于一先令。”

我们沿着史川北路走，一直走到威特奥尔工厂，然后右转，沿着码头路走，一走到没人看到的地方，麦杭尼就开始扮起印第安人来了。他手上挥舞着没上子弹的弹弓，追逐一群衣衫褴褛的女孩，等到两个衣衫褴褛的男孩出于气愤而开始向我们扔石头时，他提议，我们该去攻击他们。我说，那些孩子太小了。于是我们就继续上路，那群衣衫褴褛的孩子朝着我们叫骂：“清教鬼子，清教鬼子！”原来他们以为我们是清教徒，想必是因为麦杭尼的肤色较深，而且帽子上又别着一个板球拍子的银色徽章。等我们走到了滑铁路口时，我们想玩一次包围战，但是玩不起来，因为至少得有三个人才行。我们拿雷奥·狄隆来泄恨，说他真是个屎包，又猜想下午三点的时候他会从瑞安先生那里得到多少钱。

然后，我们到了河边，花了很长的时间在那些两面都有高高石墙的喧闹街道上逛荡，观看那些起重机及引擎作业。但由于我们总是站在那里不动，一再被那些推着载重手推车的人斥骂。等我们抵达码头的时候已经是中午了，这时工人们都在吃午餐，于是我们也买了两个大的葡萄面包卷，坐在河边的一条金属管子上吃了起来。我们观赏都柏林的商业盛况也娱乐自己——那些泊船远远就冒出一缕一缕的绒毛般的烟来发信号，在伦森德外面有一大列棕色的渔船，还有一艘白色大帆船在正对面的码头上卸货。麦杭尼说，如果离家出走能坐这样一艘大船到海上去一定很有趣。我瞧着那些高高的桅杆，也隐约觉得我们在学校里学到的一点点地理知识在眼前渐渐变得真实了。学校与家都好像远离了我们，他们的影响似乎也变弱了。

我们坐渡船过了里非河，还有两个工人及一个带了一个小包的小犹太人和我们一起渡河。我们俩都不苟言笑，显得庄重严肃。但是在这趟短暂的航行当中，我们一度因目光相遇而笑了起来。登岸的时候，我们就看着那艘我们原先从对面码头看到的优美三桅帆船卸货。有个看热闹的人说，这是一艘来自挪威的船。我走向船尾，想要辨认那上面所刻的字，却找不到，就又走回来仔细观察那些从外国来的水手，看看他们当中谁是绿眼睛，原来我对这件事情有点搞不清楚……那些水手的眼睛有蓝的、有灰的，甚至也有黑的。只有一个水手，他的眼睛是绿色的。他是个高个子，站在码头上，每一次木板落下来时他就兴高采烈地呼叫，来取悦围观的人：

“好啦！好啦！”

我们看厌了这个景象后，就慢慢逛到伦森德去。天色变得阴沉起来，杂货商店窗口里放着的那些发霉的饼干都已泛白。我们买了一些饼干与巧克力，一边吃，一边逛那些住着渔夫的肮脏街道。由于我们找不到奶品店，于是就走进一家小店里每人买了一瓶覆盆子柠檬汁喝。麦杭尼喝了以后精神又来了，在一条巷子里追赶一只猫，但是最后那只猫落荒而逃。我们两个人都觉得相当疲倦，于是一到田野边，就立刻走到一个倾斜的堤岸上躺下，越过堤背，我们可以看到多德河。

天色太晚了，我们也过于疲倦，无法实现我们造访鸽子屋的计划。下午四点以前我们非得回到家不可，以免我们的野游被人发现。麦杭尼意犹未尽地看着他的弹弓，我只好趁他兴致还没有再起来以前建议坐火车回家。太阳这时候躲到云后面去了，而我们呢？意兴阑珊，身上只剩下一些面包屑。

田野里面除了我们以外就没有别人了。我们在堤岸上沉默地躺了一会儿，有个人从田地的那一头走了过来，我百无聊赖地望着他，口里嚼着一根平常女孩子用来算命的草茎。他沿着河岸缓缓走过来，一只手按在腰部，另一只手拿着根棍子，轻轻敲打着草丛。他穿着一身黑里泛绿的破旧衣服，戴了一顶我们叫作吉利帽的高顶帽。他看起来年纪不小了，因为他嘴上的胡子显出灰色来。他从我们脚下经过的时候，迅速瞥了我们一眼，就又继续走他的路。我们的目光跟着他走，看见他又走了大约五十步时，转过身往回走了。他很缓慢地朝我们走过来，总是用他的拐杖敲着地面。他走得这么慢，我以为他是在草丛里寻找什么东西。

他走到我们身边的时候停了下来，向我们问好。我们跟他答了礼，他就慢慢地在我们旁边的斜坡上坐了下来。他开始谈起天气，说这恐怕是一个很热的夏天，又说自他童年以来，季节大有改变——他的童年是很久以前的事情了。他说，人一生里最幸福的时光是那些上学读书的日子，他情愿付出一切来重回少年时光。在他这样陷入无限感伤时，我们觉得有点无聊，所以都没搭腔。接着他就开始说到学校和功课。他问我们是否读过托马斯·莫尔的诗，又是否读过沃尔特·司各特爵士及李顿的作品。我要面子，就说他提到的每本书我都读过，于是他最后就说了：

“原来你跟我一样也是个书虫啊。至于他呢，”他用手指着正睁大眼睛看着我们的麦杭尼补充说，“他可不同，他是个贪玩的人。”

他说，他家里有全套沃尔特·司各特的作品以及李顿的作品，而且百读不厌。“当然了，”他说，“李顿写的某些书，是少年不宜阅读的。”麦杭尼就问少年为什么不能读这些书呢——这一问，令我感到有点不快，因为我生怕这个人会以为我跟麦杭尼一样愚蠢，幸好这个人只是笑笑。我看见他嘴里的黄牙之间有很大的缝隙。然后他问我们，我们俩谁交的女朋友多。麦杭尼满不在乎地说他有三个女朋友。那人又问我有多少，我说一个都没有。他不相信我，说我必定有一个，我就不吭声了。

“请问，”麦杭尼冒失地对这个人说，“你自己有几个呢？”

这人像刚才那样微笑起来，说他在我们这般大的年纪，就有了很多很多的情人。

“哪个少年，”他说，“没有一个小情人呢？”

在这件事上，照他的年纪来说，他的态度实在是出奇地开通。我心里想，他所说的关于少年跟情人的事情有一定道理。但是我不喜欢他说这些话的口气，而且他有一两次说时微微地颤抖起来，好像是害怕什么，或是突然感觉到了一阵寒气，这也令我感到奇怪。他说话的时候，我注意到他的发音很标准，他开始跟我们讲女孩子的事情，他说她们的头发多么柔软，她们的双手又多么细嫩，又说一个人只要懂了男女之事，所有的女孩子就不像她们看起来那么好了。他说，他最喜欢的事情，就是看一个乖巧的少女，看她那双白白的素手，看她那头美丽柔软的秀发。我听了他的话后，觉得他是在反复说一些他所背熟的话，要不然呢，就是他的心意被他自己话中的一些词语所吸住，缓慢地绕着同一个轨道打转。他有时候说的话，仿佛不过是在讲一个人人尽知的事实罢了。有时候他又压低了声音，神秘兮兮的，好像他现在告诉我们的，是他不希望别人旁听到的秘密。他一再地重复他讲过的那些话，用他那单调的声音来加以变化与强调。我一边注视着斜坡的下面，一边听他说话。

过了好一会儿，他停止了自说自话。他缓缓站起身来，说他得离开我们一两分钟，而我呢，并没改变目光凝视的方向，只见他缓缓地从我们身边走开，去到田地靠这边的一头。他走开以后，我们仍然没说话。沉默了几分钟以后，我听见麦杭尼叫了起来：

“你瞧他在干什么！”

我既没回答也没转移目光，麦杭尼又叫了起来：“哎呀……他是一个古怪的老傻瓜！”

“万一他问起我们的姓名来，”我说，“你就说你是墨菲，我是史密斯好了。”

我们彼此没再说什么了。我还在那里思量我该不该走开。这时这个人走回来，又坐在了我们身旁。他刚坐下，麦杭尼瞧见那只他原先逮不到的猫，突然一跃而起，跑到田地那头去了。这个人跟我观看着这场追逐，那只猫又逃走了，麦杭尼就拿起石头扔向那堵猫跳过去的墙。然后他收敛起来，开始漫无目的地在田地最远的一头逛荡。

过了一会儿，这个人和我说话了。他说我的玩伴是个很粗野的男孩，又问他是不是常在学校里挨鞭子。我本来要气愤地回答他，我们不是公立学校的学生，不像他所说的常挨鞭子，但最后没说，他就开始讲到大人体罚小男孩的话题。他的想法仿佛再一次被他自己的话所套住，显然围绕着这个新的中心在慢慢打转。他说像那样的男孩，应该好好地抽一顿鞭子才好。一个男孩如果粗野不听话，那就只好把他结结实实地抽上一顿。打手心或耳光是没有用的，他所讨的，就是一顿又舒服又暖和的鞭打。这番高见令我感到吃惊，于是不自觉地抬起眼睛来瞧了一眼他的脸。这一瞧，正好碰上他那对酒瓶般绿眼睛的目光，原来他正皱着眉头偷偷瞧我呢。我又把目光移开了。

这个人继续自说自话。他显然已经把他刚才流露出来的开明通达置于脑后。他说，要是他碰到一个男孩正和女孩说话或者交朋友，他要把他狠狠地鞭打，他说那可以教导他不要跟女孩说话。如果一个男孩交了女朋友，他又不肯老实说出来，那就要把他鞭打到他受不了为止。他说，这可是让他最快乐的事了。他向我形容他怎样鞭打这样一个男孩，仿佛在跟我讲什么知心话。他说，他最喜欢做这样的事情了。而他的说话声，在单调中向我吐露心事之际，渐渐变得近乎亲切的程度，又好像在恳求我明白他的意思。

我一直忍耐到他再度停下独白为止。然后就一骨碌站了起来，为了不把自己心里的激动显露出来，我逗留了那么片刻，假装把鞋带给整好。然后我说，我得走了。我故作镇静地走上斜坡，但是心扑通扑通地跳着，唯恐他会来抓住我的脚踝。等我到了坡顶，我转过身来，看都没看他一眼，就高声向田地那边呼叫："墨菲！"

我的声音透露出一种被逼出来的胆量。我对于自己所施的小小策略，颇觉有失面子。我不得不再呼喊一次，麦杭尼这才看见我，并且回应了我。他越过田野向我奔跑过来的时候，我的心跳得多快啊！看他快跑的样子，就好像是一个救兵一样。我心里觉得颇有歉意，因为我一向都有点瞧不起他呢。

阿拉比

ARABY

● ○

北里奇蒙街是条没有出口的街道，除了在基督徒兄弟会学校放学时，其他时候都很宁静。在街道被堵住的那一头，有一座没人居住的两层楼，远远地与其他同在一个广场范围内的邻舍隔开。这条街上的其他房屋，意识到它们大家都是有身份的，所以彼此都用一张无动于衷的脸孔瞪着对方。

这幢房子以前的租户是一位神父，他后来死在后面那间起居室里。所有的房间，因为长久封闭而使里面的空气也发了霉。在厨房后面的那间空屋的地上，撒满了没用的废纸。我在这中间找到了几本平装书，书页卷了起来，而且是潮湿的，其中有沃尔特·司各特的《修道院长》，以及《虔诚的圣餐接受者》《维多克回忆录》。我最喜欢第三本书，因为它的书页是黄色的。屋后的荒凉园子中央有一棵苹果树，以及几棵零零落落的灌木，我在其中一棵下面找到了那位已故房客遗留的生锈的脚踏车和打气筒。他在世时是一个很慈悲的神父，他在遗嘱中把他所有的钱都留给了慈善机构，而把他屋里的家具留给了他的妹妹。

冬天的白昼变短以后，还没等我们吃完晚餐暮色就降临了。我们在街上碰头的时候，那些棕色房子显得很阴森。我们头顶上的天空，是一片始终在变化的紫色，而街灯则向着天空举起那些暗淡的灯座。寒风凛冽，因此我们一直玩到身体发热才停止。我们的呼叫声在静静的街上回响。玩得起劲时，我们就都跑进房屋后面那几条阴暗泥泞的巷子里去。我们为了逃避穷孩子的攻击，逃到黑暗、潮湿的院子的后门，那里充满了从灰坑里冒出来的臭气，然后我们又逃到那个发着恶臭的黑暗马厩里去，那里有个马夫在洗马，马摇晃带拍子的辔头，随之发出悦耳的声音。等我们再回到街上的时候，厨房里的灯光已经透过窗户照亮了各处。假如看见我叔叔从街角走过来，我们就都躲在暗处，一直看他平安地进了屋子；或者，假如曼根的姐姐走到大门台阶，招呼她弟弟回去吃茶点，我们就在阴影里瞧着她用目光来回搜索街道。我们等着看她会留在那里还是走进去。假如她不走，我们就离开藏身的阴影，无可奈何地走向曼根家的大门，她在那里等着我们。半开的大门透出来的灯光，把她的体态衬了出来。她的弟弟总是要逗她一阵然后才肯听话，而我就站在栏杆旁边瞧着她。她的身子动起来时，衣服就跟着晃荡，她头发上绑的软带子也跟着左右抛甩。

每个早上，我都躺在前厅地板上看着她家大门。我把百叶窗拉下到离窗框一英寸的地方，以免被人看到。等她走到大门台阶时，我的心就猛跳起来。我一个箭步冲到大厅，抓起我的书去追随她。我的眼睛始终盯着她那棕色的身影不放，而等我们快走到要分道的地方，我就加快步伐越过她。这样的事情我每天早上都做，除了很少的几句漫不经心的话，我从未跟她说过别的话，可是她的名字却像是一道符咒，会勾引我那愚蠢的灵魂。

即使在那些最不宜有非分之想的场所，她的音容笑貌也常在我左右。星期六傍晚，我的姑妈上市场时，我得跟着她去拿那些大大小小的包裹，我们走过那几条五光十色的街道，被那些喝醉的男人及讨价还价的女人挤来撞去，身处工人说的粗话当中，听到那些商店小伙计守在几桶猪头肉前发出的尖锐的叫卖声，还听到一些街头歌手带着鼻音唱出的歌声，唱的是一支关于欧唐诺凡罗莎的歌，要不然就是一曲叙述我们祖国苦难的民谣。我觉得，这些噪声汇集成了一种生命的感受：我想象自己守护着圣杯，在一大群仇敌当中安然经过。有时候她的名字从我嘴里脱口而出，夹在一些连我都不懂的奇怪祈祷与赞美声中。我的双眼经常热泪盈眶（不知其所以然），而有的时候忽然心血来潮，激荡在我的胸怀。我没想过未来，我不知道该不该跟她讲话，假如我跟她讲话，我又怎么能把我心头那份莫名的爱慕告诉她呢。可恨我的身体就像是一架竖琴，而她的言语姿态就像那些在弦丝上拨弄的手指。

某个黄昏，我走进神父去世的房间后面的起居室里。那是一个幽暗、下着雨的黄昏，屋子里悄默无声。透过一片破碎的玻璃窗，我听见雨水落在泥土上的声音，细细的不断滴落的雨点，在湿透了的大地上弹奏。远处有一盏路灯或亮着灯的窗户在闪耀，那时候我觉得看不见才是福气。我的五官似乎都希望把自己蒙蔽起来，而等到我觉得自己快要丧失神志时，我就把两个手掌紧紧按在一起，直到颤抖起来，口里则喃喃地说："爱呀！爱呀！"一遍又一遍。

她终于跟我说话了。她才跟我讲了几句话，我整个人就迷糊起来了，不知道该怎么回答。她问我要不要去看"阿拉比商展"。当时我是否给了她答复，现在已记不得了。她说那是一处了不起的夜市，她很想去。

"那你为什么不去呢？"我问。

她说话的时候一边把她手腕上的一个银镯子转来转去，一边说她不能去，因为她就读的修道院那个星期要举办一次退修会[1]。当时她的弟弟跟另外两个男孩在那里抢帽子，只有我一人站在栏杆旁边。她握住一根栏杆，垂着头朝向我。我们大门对面的路灯所发出的亮光，把她颈部的白色曲线照了出来，照亮了她落在那里的头发，亮光落下去，又照亮了她在栏杆上的那只手。灯光流泻在她衣装的一边，照出她衬裙的白色边缘，由于她站得很自然，若隐若现。

"你应该去玩玩。"她说。

"如果我去，"我说，"我要给你带样东西。"

在那个黄昏以后，日日夜夜我的脑子里都充满了无数的痴想！但愿我能把中间隔着的那些沉闷日子除去。我对学校的作业发脾气；夜间在卧室里，白天在教室里，我尽管想看书，看到的却是她的倩影。"阿拉比"这个词，

1　退修会，基督徒在一段时期屏退世俗生活，专心祈祷及默想。

穿过一生的寂静向我呼唤，而我的灵魂就放纵于这片沉寂之中，我感觉整个人都被一道东方的符咒所困。我请求外出，在星期六晚上去夜市。我的姑妈感到意外，希望这跟旁门左道的事情没什么瓜葛。在课堂上我总是答非所问，老师看我的脸色从和蔼变成严厉，他希望我不是在变坏。我无法把自己那些散漫的思绪收拢起来。我对于严肃的日常生活几乎毫无耐性，它现在挡在我跟我的愿望之间，在我看起来有如小孩子的游戏，而且是又丑陋又乏味的小孩子游戏。

在星期六早上，我向叔叔提起希望晚上去夜市。他当时在衣帽架那里找那支帽刷，所以简短地答复我说：

“知道了，孩子。”

由于他在客厅里，因而我无法进入前厅到窗户边去躺着。我怀着糟糕的心绪离开家，慢慢地向学校走去。空气是那么阴冷，我的心里开始焦虑起来。

等我回家吃晚饭的时候，叔叔还没回来。不过时候还早，我望了一会儿那口钟，直到钟的嘀嗒声令我感到焦躁的时候，我离开了房间，登上楼梯，走到二楼，楼上那几间寒冷、空洞、阴郁的房间使我感到舒畅。我就一边哼着歌曲，一边从一个房间走到另一个房间，我从前面的窗户看见同伴们都在下面的街上嬉戏，他们的喊叫声传到我耳中的时候，已经变得微弱而不清晰了。我把前额抵在冰凉的窗玻璃上，俯望着她住的那幢阴暗的房屋。我在那里站了大概一个钟头，什么也没看到，只凭我的想象看到那个穿着棕色衣服的身影，路灯的光朦胧地照在那弯曲的脖子上，照在那只放在栏杆上的手上，也照在那件衣装的下摆边上。

当我再下楼的时候，我发现火炉边坐着墨赛尔夫人，她是个当铺老板的遗孀，是饶舌的老妇，以发展教会慈善事业的理由收集旧邮票。我不得不忍受茶点桌上的闲聊。晚餐延后了一个多钟头，可是叔叔还没回来。墨赛尔夫人起身告辞，她说很抱歉她不能再等了，已经过了八点，而她不喜欢在深夜出门，因为她不适应夜间的空气。她走后，我就开始紧紧握着拳头，在房间里踱来踱去。姑妈说：

“你今晚要去夜市的事情恐怕得延期了。”

到了九点，我听见叔叔用弹簧锁钥匙在开大门。我听见他在自言自语，又听见那个衣帽架在挂上他大衣时发出的摇晃声。我当然知道这些声响所代表的意思。在他吃晚餐之时我问他要上夜市的钱，可他早已忘了。

“现在大家都在床上而且睡了好一阵了。”他说。

我没笑。姑妈恳切地对他说：“你能把钱给他让他去吗？就是因为等你才搞得这么晚的。”

我叔叔说他忘记了，很抱歉。他说他相信一句古老的谚语：只会工作不会玩耍的孩子会变傻。他问我要去哪里，我再一次告诉了他以后，他问我可知道《阿拉伯人跟他的骏马告别》这首诗。我离开厨房的时候，他正要向姑妈背诵这首诗的开头几行。

我手里紧紧握着一块金币，沿白金汉街走向火车站。看见街上挤满了买东西的人以及煤气灯的光芒，我才想起此行的目的。我在一班空荡荡的列车的三等车厢里找了个位置坐下。过了一段令人难以忍耐的滞留后，火车终于缓慢地开出了车站。它在那些破败的房屋之间爬行，越过那条闪闪发光的河流。在西原区车站，有一大群人挤向车厢的门，但是站务员把他们推回去，说这是为夜市开的专车。我独自留在这节空洞的车厢里。几分钟以后，火车停靠在一个临时搭起来的木质站台边。我走过站台到了马路上，借着灯光看到一口钟的指针，原来差十分就到十点了。在我面前是一座大建筑物，展示着那个有魔力的名字。

我找不到六便士的入口，心里唯恐夜市又要打烊，就匆匆由一道十字转门走进去，同时把一张一先令的钞票递给一个一脸倦色的男子，然后发现自己站在一个大厅里，在那一半高的地方有一圈看台环绕着。几乎所有的摊位都关了，而大厅的一大部分都罩在黑暗里。里面一片寂静，就像一座教堂在礼拜做完以后的气氛。我胆怯地走进夜市中央。有少数几个人围在那些还开放着的摊位四周。有一道帘幕上面用着色灯光拼出“香丹咖啡室”的字样，帘幕的前面有两个人在一个盘子上数钱。我听着那些硬币落在盘子里的声音。

好不容易我才想起我是为什么来，于是就走向其中一个摊位，细看那些瓷瓶及有花样的茶具。在这摊位的门口，有个少女跟两个年轻人在谈笑，我听出他们的英国口音，在有意无意中听到了他们谈的话：

“啊，我根本没说过这样的话！”

“啊，你说过！”

“啊，我真的没说过！”

“她说过这话没有？”

“有，我听见她说的。”

“啊，这可是……撒谎！”

那少女看见我就走了过来，问我是不是想买什么。她说话的语气并不热情，似乎是出于责任感而跟我说话。我怯生生地望着那两只大瓮，一边一个，就像东方警卫那样站在这个摊位的阴暗入口，我低声说：

“不买什么，谢谢你。”

这个少女把那两只瓶子里的其中一只挪动了一下，就走回去跟那两个青年聊天。他们开始谈起同样的话题。有一两次，那少女的目光越过肩膀看向我。

我在她的摊位前徘徊，尽管我知道这么逗留着是没用的，但我不过是想让她觉得我对她那些器皿真的有点兴趣，然后我就慢慢转开去。走过夜市的中央，我让口袋里的那两枚便士落在那枚六便士上面。我听见有个人在看台的一端说：“要关灯了。”瞬时，大厅的上半部分完全变黑了。

我抬头凝望着那片黑暗，觉得自己就像是一头被虚荣心驱使而受到嘲弄的野兽，而我的眼睛则因为恼恨与愤怒变得膨胀起来。

爱薇琳

EVELINE

● ○

她坐在窗边，望着夜色侵入这条林荫路。她的头斜靠在窗帘上，于是她的鼻孔里面就有了带灰尘的印花棉布的气息。她累了。

来往的行人很少。从最后一间屋子出来的那个男子，在回家的路上经过这里，她听见他的脚步声在水泥人行道上一路响着，后来又嘎吱嘎吱地踩在那些红色新房屋前的煤渣路上。从前那里是一块田，每天晚上他们常跟其他家的孩子们一起做游戏。后来有个从贝尔法斯特来的人买下了这片田，在上面盖了些房屋——并不像他们那种棕色的小房屋，而是有闪亮屋顶的砖屋。这条林荫路上的孩子们喜欢在那块田里一起游戏——有德凡家的、瓦特家的、都恩家的，还有瘸腿的小吉奥、她及她的兄弟姐妹，不过，欧奈斯特从来都不玩：他太老气了。她的父亲常常拿一根木棍子把他们从田里赶回家去，但是通常小吉奥总是负责把风，一见到她父亲来了就大声通报。纵然如此，他们显然都玩得很快乐。她父亲那时候并不太坏，何况她母亲还在人世，那是很久以前的事了；她和她的兄弟姐妹如今都长大成人了，她的母亲也已过世。蒂吉·都恩死了，而瓦特家回英国去了。一切都改变了，现在她也要像其他人那样离开家到远方去。

家！她环顾室内，再看一次那些熟悉的东西，多年来，她每星期都要掸一次灰尘。她心里想，这些灰尘到底是从哪里来的。她也许再也见不到这些熟悉的东西了，也从来没想到跟它们分开。可是呢，在所有这些岁月里，她始终都没弄清楚那位神父的名字，他那张发黄的相片就悬挂在墙上破旧小风琴的上面，旁边是献给福哉马格利特·玛丽亚·阿拉柯克的褪了色的许愿文。

他本来是她父亲求学时代的一个朋友，她父亲每次把这张照片指给来客看时，总要轻轻地带上一句："他现在住在墨尔本。"

她已经同意出走，离开她的家。那样做对吗？她尽量从每个方面去权衡这个问题。她在家里食宿无忧，身边也有那些她所认识的人。当然了，她也必须在家里以及在店里辛勤工作。如果店里面的人发现她跟一个男人私奔了，他们会怎么讲她呢？说不定说她是个傻子，并且以人事广告征来的人抵她的缺。戴文小姐会很高兴，她一向都比她稍占优势，特别是有人在旁边听的时候。

"希尔小姐，你难道不明白这些女士都在等着吗？"

"希尔小姐，请你打起精神来。"

离开这家百货店她是不会掉眼泪的。

然而，到了她的新家，到了那个遥远陌生的地方，那情形就大不一样了。那时候她——爱薇琳就会结婚了，人家就会敬重她了。她受到的待遇，不会像她母亲所受到的那样。尽管她现在过了十九岁，但她依旧自觉是活在她父亲凶暴行为的威胁下。她心里明白，她的心悸就是这样来的。在他们不断长大的时候，他从来就没袒护过她，但总是袒护哈瑞和欧奈斯特，因为她是个女孩。但是后来，他竟然开始威胁她，说什么要不是由于她已故母亲的缘故，早就开始对付她了。如今可没有谁来保护她了，欧奈斯特死了，而哈瑞在从事教会装潢的行业，几乎总在外面跑。此外，每个星期六晚上一定有为钱而起的口角，这也开始令她觉得实在吃不消。她一向把她所有的薪资——一共七先令——交出去，哈瑞也一定把他能拿出来的送上，但要从她父亲身上拿出钱来，可就难了。他说她总是浪费钱，没头脑，说他不愿意把他辛苦赚来的钱交给她让她扔在大街上。他还说了很多不堪入耳的话，因为他星期六晚上脾气总是很坏。末了他会把钱交给她，并且问她想不想买菜来做一顿星期日大餐。于是她就必须尽快地跑出去，上市场采买，手上紧紧握着她那只黑皮包，一路从人群里挤过去，到很晚的时候才抱着重重的菜回家。为了把家人聚在一块儿，为了看着那两个交给他照顾的小孩子按时上学、按时进食，她的日子过得很辛苦。可是眼看她就要摆脱了，她反而觉得这未必就是一种不值得留恋的生活。

她就要跟法兰克去开拓另一种生活。法兰克人很和气，有男子气概，心胸宽广。她就要跟他乘坐夜班轮船出走，做他的妻子，跟他到布宜诺斯艾利斯生活，因为他已经在那里建了一个家，就等她了。她初次见到他的情形清晰如昨；他那时候下榻在一座她常去拜访的大路边的房子里。事情仿佛才发生在几个星期以前，他当时站在大门口，帽子的遮檐转在了他脑袋后面，而他的头发就垂拂在古铜色的脸上，然后他们就认识彼此了。他每个黄昏总是到百货店外面来接她，送她回家。他带她去看《波西米亚少女》，她跟他一起坐在戏院里，一个她不熟悉的地方，觉得很兴奋。他热爱音乐，也能唱一点。大家知道他们是在恋爱，而在他唱起那首少女爱上水手的歌时，她总觉得意乱情迷。他过去常把她叫作“波朋丝”。刚开始她觉得，有了一个男朋友是一件挺刺激的事情，然后她就慢慢喜欢他了。他把那些遥远地方的事情讲给她听。刚开始的时候，他在一艘开往加拿大的亚伦航运公司的船上做甲板小弟，每个月挣一英镑。接着他把坐过的那些船只的名字，以及不同工作的名称都告诉了她。他曾经驶过麦哲伦海峡，又把那些可怕的帕塔格尼亚人的事情讲给她听。他说他已在布宜诺斯艾利斯落脚了，只为了度假才回到本国来。当然喽，她的父亲发觉了这件事，于是禁止她再跟他来往。“这些当水手的家伙我知道。”他说。

有一天，她父亲跟法兰克吵了起来，后来，她只好偷偷地去会她的情人了。

林荫道上的夜色变深了，搁在她膝盖上的那两封白色的信渐渐变模糊了，一封是留给哈瑞的，另一封是留给她父亲的。她最爱的原本是欧奈斯特，但是她也喜欢哈瑞。她注意到她的父亲近来变老了，他会想念她的。其实，有时候他也很好。不久以前，她放假一天，他就会念一段鬼故事给她听，而且在火炉上烤面包给她吃。还有一天，在他们的母亲还活着的时候，全家人都到郝斯小山上去野餐。她记得她父亲戴上她母亲的女帽后，逗得孩子们大笑。

她的时间不多了，然而她照旧坐在窗边，头斜靠在窗帘上，呼吸着那带灰尘的印花布的气味。她听得见街头有一架风琴在林荫路的远处演奏，那曲调是她熟悉的。说来奇怪，就在那天晚上，她想起了她对母亲的许诺，她答应尽可能长久地把这个家给撑起来。她记得她母亲久病之后的最后一夜，她仿佛又在大厅外边那间密闭的幽暗房间里，听到外面有人在演奏一支忧郁的意大利乐曲。那个弹奏风琴的人拿了六便士就乖乖地走了。她记得父亲大步走回到这间病房里来的时候就说：

"该死的意大利人！都到这里来了！"

她沉思着的时候，母亲一生的可悲光景在她的心里投下了一道符咒——那种平凡牺牲的一生，最后竟然以疯狂结束。她再一次听到母亲的声音，带着愚蠢的执拗不断地说着：

"我亲爱的孩子！ 我亲爱的孩子！"

她打了一阵寒战，心里突然觉得恐怖，她就站起身来。逃吧！她非逃不可！法兰克会救她，他会给她生命，或许也给她爱情。但是她想要活下去。她为什么要遭遇不幸呢？她要全力追求幸福。法兰克会把她抱在怀里，紧紧拥着她。他会救她。

在北墙车站，她挤在那些东倒西歪的人群当中，他握着她的手。她知道他正在向她说话，一直说着这趟行程的事情。车站里全都是拿着棕色行李包的士兵。她从候车棚的那些敞开的大门瞥见那只船的黑色船身停靠在码头墙旁边，船窗都有灯亮着。她没回答他的话，只觉得两颊冰冷苍白。出于一种苦恼的迷惑，她求神来开导，告诉她，她的责任到底是什么。迷雾中悠然响起呜咽似的汽笛声，不绝如缕。要是真的走了，明天她就跟法兰克在海上了，向布宜诺斯艾利斯驶去。他们的船票已经买好了，他为她这么大费周章，她还能够反悔吗？她的苦恼使她觉得一阵恶心，于是她不断地默祷，嘴唇微微动着。一阵钟声突然在她的心房敲响了，她感觉到他握住了她的手：

“走吧！”

整个世界像一片大海，都在她的心里翻搅起伏。他把她往里面拖：他要把她溺毙了。她用双手紧紧抓住铁栏杆。

“走吧！”

不！不！不！这是不可能的。她的双手发狂似的紧紧抓住栏杆。在海洋里，她发出了一阵痛苦的呼喊。

“爱薇琳！爱薇琳！”

他冲过那道栅栏，呼叫她跟他走。大家向他叫嚷，要他往前走，但是他仍然向她招呼。她把她那张白色的脸对着他，一脸的惶惑，就像一个无助的动物。在她投给他的目光里，没有一丝爱意，没有一丝告别之情，好像从来没认识过一样。

赛车以后

AFTER THE RACE

● ○

车子朝都柏林疾驶，在拿斯路那条沟槽里像子弹一样平稳地前进着。在英其柯那儿的小山顶上，看热闹的人三五成群地聚集起来看这些车子往家乡驶去，挟着欧洲大陆的财富与繁荣穿过这条贫穷萧条的通道。人们的团簇引起被压迫者的欢呼声，使他们很感激。不过，他们同情的对象是蓝色的车子——那是他们的朋友，法国人的。

说起来呢，法国人才是名副其实的胜利者，他们的车队稳稳地抵达终点，获得了第二名、第三名，而那辆赢得冠军的德国车子，据说驾驶人是个比利时人。所以每一辆蓝车在抵达小山顶的时候，都会引起加倍的欢呼，而那些车上的人，也都微笑点头以作答谢。在这些流线型的车子当中，有一辆车里面坐了四个年轻人，他们现在意气飞扬，似乎远超过了法国人在得意时的表现：事实上，这四个年轻人已经到了忘形忘我的地步。他们分别是这辆车子的主人查尔斯·赛古因，一个加拿大出生的青年电机师安德烈·黎维哀，名叫威隆那的大块头的匈牙利人，以及一个名叫吉米的穿着考究的青年。赛古因心情好，是因为他意外地收到几笔预付订单（他将要在巴黎开办一家汽车公司）；黎维哀心情好，是因为他将来要做这家公司的经理。这两个青年（他们是表兄弟）心情好，还有一个原因是这些法国车子出了风头。威隆那心情好，则是因为他刚吃了一顿让他心满意足的午餐，何况他是个天性乐观的人。至于这伙人里的第四个，早已得意忘形了，无法感受真正的喜悦了。

他大约二十六岁，唇上留着柔软、淡棕色的胡子，灰色的眼睛看起来有点天真。他的父亲开始是一个激进的民族主义者，但不久就修正了自己的看法。他在京斯顿做肉贩赚了钱，后来又在都柏林及其郊区开了商店，使他赚的钱增加了好几倍。他运气也够好，和警察局签了好几个合同。到后来，由于他太有钱了，以至于都柏林的各家报纸都说他是一位商界巨子。他把他的儿子送到英国一家大型天主教学院里接受教育，后来又送他到都柏林大学专攻法律。吉米读书并不是很用功，有一阵各科成绩都很差。但他有的是钱，所以人缘够好；他分配时间的办法很特别，一半用在音乐上，一半用在赛车上。后来他又被送到剑桥待了一学期，想要开开眼界。他的父亲表面上不以为然，暗地里却以这种挥霍为荣，就替他清了账，把他带回了家。他就是在剑桥结识了赛古因，那时候他们还算不上熟交。但是吉米十分喜欢跟他往来，因为他见过许多大场面，据说还拥有法国几家最大的旅馆，这样的人当然是值得结交的（想必他的父亲也会同意）。何况除此以外，他还是个令人倾倒的赛车冠军呢。

威隆那也是个有趣的朋友，他是个有才华的钢琴家，可惜太穷了。

这辆车载着陶然忘我的青年奔驰着。那两个表兄弟坐在前座，吉米和他的匈牙利朋友坐在后座。威隆那兴高采烈，一路上都以低沉的声调哼着歌，始终没停过。那两个法国人时不时把他们的笑语从肩膀上传过来，惹得吉米常常要把身体往前凑来接上稍纵即逝的话。他觉得这实在不好受，因为他总得猜一猜话里的意思，然后再迎着强风把一句恰当的回答喊出来。此外，威隆那的哼哼声对他有所干扰，还有车子本身的噪声。

乘风疾驰是一件快事，出了大名也是，拥有财富也如此。这三件好事同时发生在吉米身上，也就难怪他乐不可支了。他的许多朋友那天都见到他跟这些大陆人在一起。在赛车维修站，赛古因曾把他介绍给一位法国选手，他低声说了些不知所云的恭维话，对方在回答他的时候，那张污黑的脸上露出了一排闪亮的白牙齿。在有了那种荣耀以后，再回到那有观众指指点点的凡俗世界，真是一件乐事。至于说到钱——他真的有一大笔可供其使用。赛古因也许不会以为这是一大笔钱，但是吉米尽管会犯一时的错误，骨子里却继承了父亲殷实的本性。他十分明白，要把这笔钱赚起来有多难。正是基于这一点，以前他挥霍起来总是适可而止。那时，即便他昏了头，一时糊涂，心里却明白，钱是花了血汗挣来的；如今，他即将冒着风险，把大部分财产用来投资时，自然格外谨慎了。他觉得这是一件严肃的事情。

当然啦，这笔投资是可靠的，而赛古因又没法儿让人觉得把爱尔兰的这笔小钱纳入公司资本里去是一种出于友情的美意。吉米很敬重他父亲在商业事务上的精明，而且这件事情起初提议投资的原是他父亲；经营汽车事业所赚的钱，那可是成箩成筐的哪！何况赛古因确有发大财的气势，这是毋庸置疑的。吉米乘着那辆豪华的车子，四处兜风，好几天扑在这件事上。它跑起来多么安稳，在乡村道路上飞跑，那是何等气派！这趟旅程像一只具有魔力的手指按在真实生命的脉搏上，而人的神经系统就那么万分欣慰地迎合这头迅捷蓝兽飞快地运行。

他们把车子开上了戴姆街，街上交通出奇地繁忙，开车人猛按喇叭，而不耐烦的电车司机敲着锣。赛古因把车停靠到那家银行旁边，吉米跟他朋友就下了车。有一小撮人聚集在人行道上瞻仰这辆发出隆隆闷响的车子。他们晚上要在赛古因家的旅舍里聚餐，这时吉米跟他的朋友（他住在吉米家里）都要回家去换装。车子缓缓向格拉夫顿街开去，而这两个青年避开那些好奇的旁观者走路回去。他们往北走，心里面对这种“运动”有一种莫名其妙的失望。这时候城里的路灯亮了起来，在他们头顶上的夏夜轻霭中挂着淡淡的光亮。

在吉米家里，这个饭局被说成是一件大事。为了要放手一玩，他的双亲在恐惧战兢之中糅合了一份骄傲，同时有一份热切，因为外国大城市的名字至少有这种豪放的名声。吉米穿好了以后，站在大厅里替他的晚礼服领带做最后一次平衡调整，看起来也很得意。他的父亲甚至觉得，他替儿子弄到了这些往往用钱都买不到的气质，所以像做了一笔好生意般沾沾自喜。因此，他父亲对威隆那特别友善。他的态度表现出他对外国人取得的各种成就的由衷敬佩。可惜主人这份委婉的盛意给了这个匈牙利人大概是白费了，因为他这时候一心只想吃他的那顿大餐。

这顿大餐出色而精致。吉米心想，赛古因的品味实在不同寻常。人群里又多了一个名叫鲁斯的英国青年——吉米在剑桥曾见他跟赛古因在一起。这些年轻人在一间点着电烛光的舒适房间里共进晚餐。他们纵声谈笑，无所顾忌。吉米这时候的想象力很丰富，他幻想法国人的活泼朝气，优雅地盘绕在英国绅士仪态所形成的那个结实架子上。他想，这个想象力很雅致，而且恰如其分。主人谈笑风生，那种善于引导大家谈天的本领让他佩服。这五个青年人各有所好，谈话则随兴所至。威隆那带着极其敬重的神态开始讲英国情歌的优美，同时感慨古老乐器的失传，令这位英国人略感意外。黎维哀接下去向吉米说明法国机械技师的卓越成就，语气倒未必是全然由衷。声音洪亮的匈牙利人正要挖苦浪漫派画家笔下那些成问题的笛子时，赛古因却引着大伙谈政治了。这是大家都感兴趣的话题。吉米在强烈的感染下，觉得他父亲身上失却了的热情在他身体里活了起来：他到底还是把那个迟钝的鲁斯鼓动了起来。房间里的气氛更加热烈，赛古因这个主人也越发难做了，甚至有发生吵架的危险。机灵的主人抓住一个机会，举起杯子提议向伟大的人性献一杯酒，而在大家干杯之际，他乘机打开了一扇窗，这才松了一口气。

在那天晚上，这个城市好像戴上了假面具，使人觉得有如置身世界名都。这五个年轻人一路吞云吐雾，沿着斯蒂芬草坪公园走。他们高声欢笑地言谈，一律把外套挂在肩膀上。路上的行人都给他们让路，在格拉夫顿街的转角处，有个肥胖的矮个子正要把两个漂亮女士送上一辆由另一个肥哥驾驶的车子，这辆车子开走后，这个矮胖子就瞧见了这伙人。

“安德烈。”

“原来是法雷！”

大家的话匣子就这样打开了。法雷是个美国人。大家到底在谈些什么，谁也不太清楚。威隆那与黎维哀的嗓门儿最响，但是每个人都一样兴奋。他们坐上了一辆车，挤作一团，笑成一堆。车在人群旁边开过，而人群里回荡着悦耳的音乐，糅合成了一团柔柔的色彩。他们在西园区搭火车，才几分钟（在吉米看来）就走出了京斯顿火车站。收票员是个老人，他向吉米打招呼：

“先生，晚安！”

这是一个宁静的夏夜，港口就像他们脚前一面阴暗的镜子那样躺着。他们手挽着手向港口走去，齐声唱着《军校学员鲁塞尔》，而每唱到“嗬！嗬嗨，真的！”的时候，就一齐顿足。

他们在码头边坐上了一只小船，向着一艘美国游艇划去，他们还要再吃喝、听音乐跟玩牌。威隆那兴头十足地说：

“这才是美事！”

船舱里有一台游艇钢琴，威隆那为法雷和黎维哀弹一曲圆舞曲，法雷充当骑士，而黎维哀扮演贵妇。接着是一支即兴的方块舞，每个人都各出花招儿，真是有趣极了！吉米兴致勃勃地扮演着他的角色。再怎么说，这也算是见了世面。后来法雷喘不过气来了，大喊：“停！”有个人端进来一份爽口的晚餐，这群年轻人只好囿于形式坐了下来。不过他们喝了酒：这就是波西米亚式的生活。他们干杯，为爱尔兰、英格兰、法兰西、匈牙利和美利坚合众国。吉米发表了一场演说，相当冗长。每当有了停顿，威隆那就说：“大家注意听！”他讲完坐下来的时候，响起一阵掌声。这次演说想必是很精彩的，法雷一边拍着他的背，一边大声笑着。大伙多么欢乐！他们都是好朋友！

拿牌来！拿牌来！牌桌清理出来了。威隆那悄悄地回到钢琴边去，自愿替他们弹奏助兴。其他人一局又一局地玩下去，勇敢地投身在赌局之中，他们为“黑桃王后”及“方块王后”而干杯。吉米隐约觉得，眼前没有观众，心机也就白费了。筹码愈来愈高，挂账单开始递来递去。到底是谁在赢，吉米并不是很清楚，但是他却知道自己是输家。但是这得怪他自己，因为他常常看错牌，而且得要别人来替他计算借钱的账单。他们都是好得不得了的朋友，但是但愿他们会停下来：夜愈来愈深了。有人为“新港美人号”游艇干杯，然后有个人建议，大家玩一次大的就结束。

琴声停了，威隆那一定是上了甲板，这是场惊心动魄的牌局，就在结束之前，大家停下来互相祝好运干杯。吉米心里明白，这盘胜负是在鲁斯跟赛古因之间。多么令人兴奋呀！吉米当然也很兴奋；他一定会输，这不用说了。他签字付掉的到底有多少了呢？这些人都站了起来玩最后一盘，七嘴八舌又指手画脚的。结果鲁斯赢了，年轻人欢声雷动，把船舱都摇晃起来，而牌就在这时候被收拢了。他们开始一起计算他们赢了多少。输得最惨的，是法雷和吉米。他知道到了第二天早上就会后悔，但是目前他只要休息，黑暗和麻木就可以掩盖他的愚行。他屈着两肘抵在牌桌上，把他的头搁在双手之间，听着他脑袋里的节拍声。舱门这时候被打开了，吉米看到那个匈牙利人站在一抹灰色的黎明光芒里说：

“先生们，天亮了！”

两个浪子

TWO GALLANTS

● ○

阴暗暖和的八月黄昏，已经降临在这座城市，而一股温热的气流漫过街道，使人想起夏日。大街上的店家都由于星期日休息而关上了百叶窗，唯见穿红戴绿的人群熙来攘往，高挂在杆顶上的路灯像照亮了的珍珠，照在下面生命外形的纹理上，而这东西始终在改变形状和色调，将一种单一、无止休的嗡嗡声，送上暖和阴暗的夜空。

有两个青年走下鲁特兰广场所在的小山丘。一个快要结束一番冗长的独白，另一个走在人行道边上，由于他同伴的粗鲁举动而不得不踩到路上去，同时一脸洗耳恭听的样子。他长得矮小健壮，一顶驾游艇用的小帽被推向他脑后，他听时脸上不时绽开种种表情涟漪，分别从鼻子、眼睛跟嘴巴那里漾出来。一股又一股夹着喘息的轻快笑声从他那副颤动着的身子发出来。他的那双眼睛因为孩子气的喜悦而闪闪发光，随时都会瞟向他同伴的脸。有一两次他像斗牛士那样，把轻质雨衣从一个肩膀甩到另一个肩膀。他的裤子，他的白色胶鞋，以及那件由他随意披在肩上的雨衣，都显示出青春的气息。可惜他的腰部已经发福，他的头发稀少而灰白，至于他那张脸，表情消失后就布满了岁月的痕迹。

当他确信对方把故事讲完了后，就哑着喉咙笑了足足半分钟，然后说：

“哎呀！……那实在太棒了！”

他的声音显得有气无力，于是他试图加点幽默性的话来加强肯定：

“那实在是棒得不得了！若是让我说，那就叫棒得无与伦比！”

说了这话，他就变得严肃沉默。由于整个下午尽在多赛特街一家酒馆里聊天儿，他感到口干舌燥。大家几乎都认为利内翰是个吸血鬼，可是尽管有此恶名，但他八面玲珑又能说善道，所以那伙朋友也就始终拿不出一套默契的法子来对付他。他敢单刀赴会，到一家酒店去见他们大伙。起先他很识趣，逗留在那伙人旁边， 一直等待机会上场。他是个好卖弄的家伙，肚子里总存着一大堆典故、民谣小调和谜语。别人不管怎样对他揶揄狎侮，他都满不在乎。维持生计是件不容易的事，他怎么办到的谁也不知道，但是人家总隐隐约约拿他的名字跟赛马情报连在一起。

“科利，你在哪里把她勾搭上的？”他问。

科利用舌尖沿上唇迅速舔了一圈。

“伙计，有天晚上，”他说，“我在戴姆街上走着，在水屋大钟下面瞧见一个漂亮的妞，上前去跟她说了晚安，就这么回事。于是我们在运河旁边走了一圈，她告诉我她在巴格特街一家人那里做帮佣。我用手挽着她，在那天晚上就吃了她不少豆腐。第二个星期天，伙计，我跟她约会。我们去到唐尼布鲁克，我带她到那里的一处野地。她告诉我，她以前和一个奶酪商人谈了很长时间恋爱……伙计，那才好。她每天晚上都带香烟给我，还付来回的电车票钱。有天晚上，她带给我两支上好的雪茄烟，哦，真正的一流货色，你知道，就是那个老家伙吸的……伙计，我怕她怀孕。但是她总能避免这样的事发生。”

“也许她以为你会娶她呢。”利内翰说。

“我告诉她我失业了，”科利说，“我说我原来在一家大公司做事。她不知道我的名字。我实在不便告诉她。她倒以为我是个有身份的人，你懂吧。”

利内翰又发出哑笑。

“在我听说过的好事里，”他说，“这确确实实是最棒的了。”

这句恭维话对科利果然生效，他摆起粗壮的身子，挤得他的朋友马上轻快地横跨了几步，从人行道踏上马路再跳回来。科利是警察局局长的儿子，所以体格与走路的姿态都像他老子。他走路时两手在两侧，挺直身子，把脑袋左摇右晃着。他的头很大，圆滚滚、油腻腻的，春夏秋冬都在冒汗；而他那顶大圆帽歪戴着，就像一个灯泡上长出了另外一个灯泡。他的目光总是直瞪着正前方，就像在阅兵，要是他在街上遇到想要打量的什么人，就要把屁股和整个身子一块儿扭过来。现在他是无所事事，只要有什么工作缺人手，就一定有朋友给他捎信。常常有人见到他跟那些便衣警察聊天儿，热络得很呢。什么事情的内幕他都知道，他也喜欢论断是非。可他一说话，别人就没有插嘴的余地了。他说的大都是自己的事情：他跟这个人讲过什么话，这个人又跟他说过什么，他又说什么把事情摆平了。在他这样娓娓道来的时候，他用佛罗伦萨人的方式把自己的名字念得有声有色。

利内翰递支香烟给他的朋友。这两个青年在人群中间走的时候，科利偶尔会转过头去，向擦身而过的少女微笑，利内翰的目光却盯着那轮散发着双重光晕的微弱光芒的大月亮。他定定望着那些飘过月面的阴沉云翳，末了他说：

“那么……科利，告诉我，你一定能做到，对吗？”

科利意味深长地眯起一只眼睛作为答复。

“她肯吗？”利内翰疑惑地问，“谁也看不透女人。”

“她没问题，”科利说，“伙计，我懂得怎么吸引她。她有点迷上了我。”

“你就是我说的风流小生嘛，”利内翰说，“而且还是正牌的！”

一抹嘲弄的意味冲淡了他那份卑屈阿谀的态度。他有个替自己留面子的老法子，就是不把奉承话说死了，留下逗趣的余味，可惜粗心的科利不解个中微妙。

“交个俏女没什么大不了的。”他说得笃定。

“有一点心得可以供你参考。”

“那可是过来人说的了。”利内翰说。

“起先我总是追那些少女，你懂吧，”科利侃侃而谈，“南市的那些女孩。伙计，我常自己花钱约她们坐电车出去，请她们兜风或者去听音乐、看戏，要不就买巧克力糖果之类的东西请她们吃。我总是很大方，为她们花钱。”他追加一句，用的是一种要人相信的语气，仿佛他觉得对方有所怀疑。

但是利内翰可相信得很呢，他认真地点了点头。

“那玩意儿我懂，”他说，“这叫冤大头。”

“结果屁大个好处也没捞到。”科利说。

“我刚才说了。”利内翰说。

“总共只钓到了一个。”科利说。

他把舌头一转，舔湿了上唇。想起过去的事情，他的目光就炯炯有神起来。他也凝视着那轮淡淡的现在几乎已被云翳遮住的月盘，显得若有所思。

“她呀……有一点不错。”他遗憾地说。

他又沉默了。接着他说：

“她现在成了妓女。有天晚上我见她跟两个男人同坐一部车经过伯爵街。”

“我想那是你作的孽。”利内翰说。

“在我以前她有过别的男人。”科利冷静地说。

这次利内翰有点不相信了，他微笑着摇了摇头。

“科利，你可骗不了我。”他说。

“老天有眼！”科利说。

“这难道不是她自己告诉我的？”

利内翰做了一个悲哀的姿态。

“好一个不信不义之人。”他说。

他们行经三一学院的栏杆时，利内翰轻轻跳到马路上，抬头看着那口钟。

“过了二十分钟了。”他说。

“时间多着呢，”科利说，“她一定会在那里等的，我总让她等上一阵。”

利内翰嘿嘿地笑。

“真行！科利，你懂得怎么应付她们。”他说。

“她们玩的那些小把戏，我全应付得了。”科利承认。

“不过，老实说吧，”利内翰又说了，“你真有把握马上弄到手？你知道这很难办。她们会十分在意。对吗？……怎么办？”

他那对炯炯有神的小眼睛盯住同伴的脸，看他究竟有无把握。科利把他的脑袋左摇右晃着，好像在赶一只恼人的小虫，而且皱起了眉头。

“我会弄到手的，”他说，“把这件事交给我，行吗？”

利内翰不再说了。他不想惹恼他的朋友，不想自讨没趣，怕被抢白，没人请教他的高见，做人得有点机智。不过，科利的眉头马上又舒展开来了。他的思路这时候走上了另外一个方向。

“她是个挺规矩的妞，”他说，颇有欣赏的意思，“她就是那种人。”

他们沿着纳索街走，然后转到基尔代尔大街。距离那家俱乐部的前廊不远处，有一个弹竖琴的人站在路边，给一小圈听众弹奏。他心不在焉地拨着琴弦，不时向每个新来客的脸上看一眼，也不时以同样倦怠的神色看一眼键盘。他那张竖琴也是那么心不在焉，任由他身上的遮盖物落到膝盖，显然对陌生人的眼光和主人的手指都厌倦了。他一只手在低音部弹奏《莫伊尔河啊，请安静》的旋律，而另一只手按照每一组音阶在高音部滑动。那首曲子的音调听起来悠长而感人。

这两个年轻人一言不发地走过这条街，那悲切的乐音跟在他们身后。他们走到了斯蒂芬草坪公园，接着跨过马路。这里有电车的噪声、灯光以及拥挤的人群，打破了他们之间的沉默。

“她就在那儿！”科利说。

有个青年女子站在休姆街角上。她穿一身蓝洋装，戴着一顶白色水手帽。她站在路边石栏上，一只手摇晃着一柄遮阳伞。利内翰这下精神抖擞起来了。

“咱们好好瞧她一眼，科利。”他说。

科利用目光斜睨了他朋友一眼，脸上浮现出一抹不悦的冷笑。

“你想抢在我前面？”他问。

“去你的！”利内翰大着胆子说，“我可不要你介绍。我只想看一看她而已，我不会把她给吃掉的。”

“噢……看一看她？”科利说，语气亲切多了，“那好……你听我说吧。我走过去跟她说话，你就从旁边经过。”

“行！”利内翰说。

科利已经提起一只脚跨过了铁链，这时候利内翰叫道：

“然后呢？我们在哪里碰头？”

“十点半。”科利回答，就把另一只脚跨了过去。

“哪里？”

“梅里恩街路口，我们一定会回来。”

“那就好好干吧。”利内翰告别时说。

科利没回答，他慢慢踱过马路，摇晃着他的脑袋。他那副大块头带着从容的步伐，以及沉重的靴音，都表现出那么一点征服者的味道。他走向那个青年女子，没打招呼就马上攀谈起来。

她把她手上那柄遮阳伞摇晃得益发快了，又踮着脚把身子转来转去。有一两次，他凑近她的脸讲话，她就笑了，把头低垂下来。

利内翰瞧了他们几分钟，然后他就快步依着铁链走到远处，再斜穿过马路。当他快走到休姆街那个转角时，猛然觉得空气里有股很浓的香味飘来，而他的眼睛就在刹那间匆匆打量了这个青年女子的容貌。她一身漂亮的假日打扮，下身一件斜纹哔叽蓝裙，黑皮带束腰，皮带上那个大银扣好像把她身上的中段给压了下去，有如一枚夹子夹住了上身那件白衬衫的轻柔料子。她外面穿了一件黑色短上装，上面有珍珠做的纽扣，另披一条边缘参差不齐的黑围巾。她那条绢质披肩的边缘已经被刻意弄乱了，胸口上则别了一束红花，花梗全向上。利内翰眼带欣赏的神色，看着她那矮而结实的身子。坦率、天真与健康闪耀在她的脸上，在她那肥嫩红润的两颊上，也在她那双不畏怯的蓝眼睛里。她的五官并不精致。她有宽宽的鼻翼，松松的嘴巴带着一抹满足的媚笑张着，露出两颗往外伸的大门牙。利内翰擦身走过的时候，摘下了他的帽子，大约十秒钟以后，科利向空中敬礼致答。他这个动作，只不过是把手略抬了抬，假装把他的帽子扶正。

利内翰一直走到谢朋旅社，就在那里停下来等。等了片刻，就见他们俩冲着他走过来。等他们转向右边了，他就跟上去，轻轻踏着他那双白鞋子跟到梅里恩广场。他缓缓往前走，配合着他们的步调。他留意到科利的脑袋频繁地转向这位青年女郎的脸，就像一个大球在一根支柱上旋转。他用目光守着这一对，一直到看见他俩踏上前往多尼布鲁克电车的台阶，他这才转过身来，向他的来路走回去。

现在他落了单，脸看起来就老了些，他那快活神气显然已经离他而去。等他走到公爵家草坪的栏杆那里，他就用他的手抓住栏杆。那个竖琴弹奏出来的乐曲左右了他的动作。他用脚轻轻拍着，奏出那支曲子的旋律，而他的手指跟着每一组音阶，沿着栏杆懒懒地滑奏出一段变调。

他百无聊赖地绕着斯蒂芬草坪公园走，然后走到格拉夫顿街，尽管他的眼睛注视着形形色色的行人，却总显得那么郁郁寡欢。那些本来会吸引他注意的一切，他都觉得无足轻重。对于那些有意挑逗他的目光，他都没兴致理睬。他知道，待会儿他要说许多话，要挖空心思，要逗笑取乐，可惜他的脑袋和喉咙都那么干涩，办不了这样的事情。他该怎么打发见到科利前的几小时，倒是个让他很伤脑筋的问题。他想不到法子，只好继续往前走。他走到了鲁特兰广场街角后向左转，在黑暗宁静的街道上，他觉得自在些了。那条街上的景象萧条，正合他的心情。他终于停步在一家其貌不扬的店面前，橱窗上面用白色的字体写着“点心小吃店”。窗玻璃上还有两行花体广告文：“姜汁啤酒”和“姜汁汽水”。一只蓝色大盘子上摆了一大片火腿，另有一大块儿松松的葡萄布丁在旁边一只大盘子上。他把这两样美食认真打量了好一会儿，然后把街面上上下下仔细瞄了一眼，就闪着身子走进这家店里去了。

他很饿了，从一大早到现在，他只吃过那两个小气的酒吧服务生端给他的一盘饼干，此外就没什么东西下过肚。他坐在一张没铺台布的木桌旁边，面对两个女工跟一个机械工。有个举止随便的少女过来伺候他。

“一盘豌豆要多少钱？”他问。

“先生，一个半便士。”那少女说。

“给我来一盘豌豆，”他说，“外加一杯姜汁啤酒。”

他故意粗声粗气说话来冲淡他那副假绅士的气派，因为他一进门，店里面的谈话声就停了下来。他的脸火辣辣的，为了显得自然，他把头上的那顶帽子往后推，并把双肘摊到桌子上。那个机械工跟那两个女工把他上上下下都打量过了，才又压低声音谈起话来。那个少女为他端来一盘用胡椒和醋调的热豌豆、一把叉子及姜汁啤酒。他贪婪地吃着，觉得味道很好，所以就记住这家店了。他吃完了豌豆，喝着姜汁啤酒坐了一会儿，想着科利的那份艳福。在他的想象中，他仿佛看到这一对情人走在一条黑暗的路上；他仿佛听到科利的低沉声音，说着大献殷勤的话。他又看到那个年轻女子嘴上那抹轻笑。这一幕使他深深觉得自己的口袋跟心灵都那么贫乏。他已经厌倦了闲荡无聊的生活，厌倦了惹是生非的勾当，以及欺哄动歪脑筋的这些事情。到十一月他就三十一岁了，难道他总不能弄到一份好差事吗？难道他总没有自己的一个家吗？他想，能够坐在温暖的炉火旁边吃一顿满意的晚餐，那该多好啊！他跟朋友们以及女孩子们逛这几条街实在够腻的了。他知道这些朋友有多少身价，他也知道那些女孩子的底细。他感慨自己的身世，转而对这个世界生出了怨怒的情绪，但是他并没有完全绝望。吃过了东西，他觉得比刚才好过些了，不那么厌倦他的生活，也不那么丧志落魄了。只要能够碰上那么一个有点积蓄的心地单纯的好女孩，他就依旧能在一个惬意的角落里安顿下来，过上幸福的日子。

他拿出两个半便士付给那个举止随便的少女，出了店门，又开始逛荡起来。他走进凯普尔街，一路走到市政厅，然后转进戴姆街，在乔治街的转角，他碰到两个朋友，于是停下来跟他们交谈。他很乐意有机会歇歇脚。他的朋友问他是否见到了科利，又有什么新鲜事。他回答说这几天他都跟科利在一起。他这两个朋友不怎么爱说话，他们茫茫然望着人群里的几个身影，偶尔说一两句评头论足的话。其中一个人说他个把钟头前在威斯特摩兰街见到了麦克。听了这话，利内翰说他前天晚上跟麦克一块儿在艾根喝酒。那个在威斯特摩兰街上碰到麦克的青年人就问，麦克真的在一场撞球赛上赢了一票。利内翰说，不知道；又说在艾根店里请他们大家喝酒的是何洛汉。

十点差一刻，他离开了他的朋友，走向乔治街。他在大市场那里向左转，继续走向格拉夫顿街。街上的少男少女已经少了。在他往这条街走去时，见到许多情人以及成对的男女彼此道晚安。他一直走到外科医学院，那口大钟正好敲响十点。他开始加快脚步，沿着草坪公园的北边走，有点急迫，就怕万一科利回来得早了。他走到了梅里恩街转角处，站在一盏路灯的阴影下，拿出一支他留着的香烟点着了。他把身子倚靠在路灯柱子上，而把目光固定在他希望见到科利跟那个青年女子走回来的方向上。

他的脑筋又活跃起来。他猜想，科利可曾把事情给处理顺当了，他猜想，他可曾向她开了口，还是到最后才求她。他朋友的处境以及他自己的那些念头在他心里搅和，弄得他又焦急又兴奋。不过，一想到科利慢条斯理转动脑袋的情景，他就多少心静下来了：他相信科利一定能得手。他又转念想到，说不定科利会走另外一条路送她回家而把他忘了。他四处望了望街道：根本就没有他们的影子。可是，自从他见到外科医学院的大钟以来，确实已经过了半小时。难道科利会干那样的事吗？他点起了最后一支烟，神经质地吸了起来。每次有电车在广场那边的转角停下，他就睁大眼睛去望。他们必定走另一条路回家了。他那支烟原来竟是破了的，他咒骂了一声把它扔在路上。

突然间，他看到他们向自己走过来了。他又惊又喜，仍然紧靠在灯柱上，设法从他们走路的样子看结果如何。他们走得很快，那青年女子急急跨着短步，而科利在她旁边跨着大步。他们显然没在说话。对结果的预感，就像一把尖锐的手术刀一样刺痛着他。他知道科利失手了，事情没指望了。

他们转到巴格特街，他紧紧追上去，走在一条人行道上。他们停下来，他也停下来。他们谈了一会儿，然后这青年女子就走下几级台阶，进入一座房屋。科利仍然站在人行道边缘上，距离大门前的台阶还有一点距离。几分钟过去了，然后科利把那扇大门小心翼翼地、慢慢地打开，有个女子一边奔跑着走下门前的台阶，一边咳嗽着。科利转过身向她迎去，他那宽阔的身材挡住她几秒钟，然后她又出现了，跑着上了台阶。大门在她身后关了起来，科利这时快步走向斯蒂芬草坪公园。

利内翰在同一个方向上急急往前赶。有几滴小雨落下来，他觉得情形不妙，于是回头看一眼那青年女子刚走进去的那座房子，看见没人注意他，就热切地跑过了马路。他心里焦急，又加上一阵快跑，就有点喘息起来，他大声叫道：

“嗨，科利！”

科利转过头来看是谁在叫他，然后照旧走他的路。利内翰跑着追他，用一只手把那件雨衣在他的肩膀上按牢。

“嗨，科利！”他又叫。

他走到了他朋友身边，巴巴地看着他的脸，可那脸上毫无表情。

“怎么样？”他说，“事情成了没？”

他们来到了伊莱广场的街角。科利仍然一声不响，径自转到左边，走上了一条小街。他脸上很平静，一丝表情都没有。利内翰上气不接下气，紧跟着他的朋友。他有点恼了，话里就流露出一丝不客气的声调。

“难道你不肯老实说吗？”他说，“你到底有没有跟她开口？”

科利在一盏路灯那里停下脚步，冷冷地瞪着前面。然后他摆出一个十分庄重的姿态，一只手伸向灯光，面带微笑，把掌心对着他的门徒的目光缓缓展开。那掌心里有一枚闪闪发光的小金币。

寄寓

THE BOARDING HOUSE

● ○

穆尼太太是个屠宰商的女儿，她是个很会处理事务的女人，一个有毅力的女人。她本来嫁了她父亲手下的一个工头，在附近清泉花园开了一家肉店，但是穆尼先生一等他岳父过世就开始走邪路了。他喝酒，挪用现金，轻率举债。强迫他发誓戒酒是没有用处的，过几天后，他一定又会变回原样。他当着顾客的面跟他妻子打架，而且又卖坏了的肉，所以他把他的生意给弄砸了。有天晚上，他拿了一把切肉刀去找他妻子，她只好躲到邻居那里去睡。

从那以后，他们就分居了。她去找神父，取得了分居许可及照顾孩子的权利。她既不给他钱，也不管他食宿。他迫不得已去派出所做了个杂工。他如今是个衣衫褴褛、弯着腰的瘦小酒鬼，有一张白脸、一把白胡子与铅笔描出来似的白眉毛，下面就是一对布满血丝好像烂了似的小眼睛。他整天坐在公事房里等着分配工作。穆尼太太把肉贩生意收了以后还有点钱，就在哈威克街办了一座出租公寓。她是个大块头女子，气势凌人。她的公寓里有一批流动住客，其中包括来自利物浦及曼岛的观光客人，偶尔也有来自音乐厅的“艺人”，长久房客都是些城里的店员。她管理着这座公寓，十分精明能干，懂得什么时候该赊账，什么时候该严厉，也懂得在什么时候让事情过去。长住的年轻人，全都管她叫“太太”。

穆尼太太的那些年轻房客，每星期为食宿付十五先令。他们可以说志趣相投，彼此都很合得来。他们谈论怎么博得女子欢心，又如何被她们冷落。“太太”的儿子名叫杰克·穆尼，在舰队街一家委托商那里做店员，是个出了名的浪子。他喜欢说士兵常说的猥亵话，也总在夜深人静的时候才回家。

他见到朋友时，一定有得意的事情可以奉告，他始终相信自己会走运——譬如说，碰上一匹有出息的马或一个会走红的“艺人”。他的一双手也很巧，而且会唱滑稽歌曲。星期日晚上，穆尼太太家里的前厅往往有家人团聚的情景，那些音乐厅的“艺人”就来捧场，谢瑞登弹奏华尔兹及波卡舞曲，并且做即兴伴奏。“太太”的女儿波莉·穆尼也唱歌，她唱：

> 我是个……顽皮姑娘。
> 你不必假惺惺：
> 你知道我是什么样。

波莉是个十九岁的苗条少女，她有浅色的秀发及一张丰满的小嘴。她的眼睛是灰色的，但又透着一点绿色。她每次跟人说话的时候，总喜欢把眼珠往上挑，看起来像个闹别扭的圣母玛利亚。穆尼太太起初把女儿送到一个玉米工厂的办公室做打字员，可是有个恶名昭彰的派出所工友每隔一天就要光顾办公室，求人让他跟她女儿说句话。她因此把女儿带回家，让她管家务。由于波莉是个很活泼的姑娘，这样做就是要给年轻人机会，让他们来追求。何况，年轻人都乐于有个少女在眼前呢。波莉当然也跟那些年轻人卖弄风骚，但是穆尼太太见多识广，知道这些年轻人不过是在打发时间，没有哪个是真心的。事情就这样过了好久，穆尼太太开始想把波莉再送回去做打字员时才注意到，波莉跟一个年轻人之间有了情况。她密切留意这对年轻人，却不加过问。

波莉知道自己受到了监视，不过，对于母亲始终缄默的态度，她倒也不敢加以误解。母女之间一向没有什么推心置腹的地方，也说不上彼此谅解。可是公寓里的人都开始谈论这件事了，穆尼太太仍然不加干涉。波莉的举止变得有点奇怪，而那个年轻人显然心神不宁。到了后来，穆尼太太认为是时候了就出面干预。她拿出快刀切肉的办法来解决各种道德上的问题：而在这件事情上，她早就下定了决心。

那是初夏一个明媚的星期日早晨，看样子天会热起来，有一阵凉快的轻风在吹着。宿舍里所有窗户都敞开了，那些花边窗帘都被微风吹得鼓起来，在拉起的窗框下面往街上飘。乔治教堂送出阵阵钟声，也送出那些单个的或成群结队的信徒，走过教堂前面那个小小的环形广场，他们那矜持自重的仪态一如他们戴了手套的手上拿着的小本《圣经》。光看着就知道他们的人生志趣何在了。公寓里早餐过后，早餐间的台子上放着盘子，剩下些蛋黄以及小片的熏肉及熏肉皮。穆尼太太坐在那张草编的扶手椅子里，监督女用人玛丽把早餐餐具撤去。她吩咐玛丽把面包皮跟碎片都收拾起来，好用来做星期二吃的面包布丁。等到台子清理完，碎面包收好了，白糖奶油都锁进了柜子，她就抽空重新回想前天晚上她跟波莉所谈的一席话。事情果然如她所料：她坦率地发问，波莉也坦率地作答。双方都有点不自在，她之所以觉得不自在，是因为她不愿意以太爽快的方式来接受或默许这些事情，而波莉之所以显得不自在，不仅因为说到这样的事情她一定会不自在，也因为她不希望对方认为她虽然天真无邪却已看透她母亲容忍她的用意。

穆尼太太在回想当中，突然留意到乔治教堂的钟声已经停了，就不自觉地望了望摆在壁炉架子上的那只镀金小钟。已经十一点过十七分了：足够她去跟多兰先生谈这件事，然后在十二点前赶到马波罗街。她相信胜券在握。首先说社会舆论全搁在她这一边：她是个受人欺侮的母亲。再者，她允许他住在她家里，满以为他是个自重的男子，而他竟然不珍惜这份人情。他已经三十四五岁了，所以不能拿年轻来作为辩解的借口。他也不能说自己无知，因为他多少见过世面。他根本就利用了波莉的年幼无知：这是昭然若揭的。问题是：他该怎么补偿？

遇到这样的事情，是非补偿不可的。这对男人来说真是太便宜了，他尝到了甜头以后还可以我行我素，不当一回事，而那女孩倒要承担一切。有的做母亲的遇到这样的事情，拿一笔钱也就乐得遮掩过去；这样的事情她知道，可是她不愿意这样做。在她看来，只有一个法子可以补偿她女儿失节的损失：结婚。

她把手上有的几张牌都估量了以后，就差玛丽到多兰先生的房间去传话，说她有话要跟他说。她觉得她一定会赢，他是一个认真的青年，不像别人那样闲散，也不像他们那样大嗓门儿。假若其人是谢瑞登先生或彼得先生或莱昂斯·斑塔姆，那这件事可就难办多了。她认定他不敢当众出丑，这公寓里的房客都多少知道这件事情，还有人添油加醋。何况他受雇于一家天主教徒大酒商已经有十三年了，事情一旦公开，那他恐怕就要卷铺盖走人了吧。要是他答应的话，结果大概很好。她知道，第一点，他有一份优厚的薪水，而且她猜想他还有点积蓄。

将近十一点半了！她站起身来，在镜子前面把自己打量一番。她那张红润大脸上表情果断，正合她的意思。她又想到她认识的那几个母亲，还都不能把她们的女儿脱手呢。

这个星期天的早上，多兰先生确实非常着急。他两度想要刮脸，但是那只手总不听使唤，所以只好作罢。他下巴上的红胡子三天未刮了，而每隔两三分钟，他的眼镜上就出现一片雾气，不得不把眼镜取下用手帕擦拭。他想起昨天晚上自己认罪的情景心里就十分痛苦；那个神父把这件事上每个可笑的细节都加以渲染，最后又大大夸张他的罪过。所以，最后竟然能够得到一个补偿了事的出口，这几乎会让他感激万分。伤害已经造成了，现在他除了娶她或逃走以外还能怎么办呢？他不能厚着脸皮活下去。这件桃色事件大家一定会谈起的，而他的老板也会听到传闻。都柏林是这么小的一个城市，每个人都知道另外一个人的底细。就在他胡思乱想之时，他听到雷欧纳先生用沙哑的声音说："请多兰先生到这里来。"他觉得他的胸口怦怦地跳了起来。

他多年来的业绩都将付诸东流！他勤劳辛苦所得的一切，都将毁于一旦！他是个年轻人，免不了有些放浪轻率。他自诩有自由思想，而且在酒店里当着朋友的面否认神的存在。然而这一切全成了过去，而且也完结了……

差不多是如此。他仍然每个星期买一份《雷诺报》，但是他参加本分的宗教活动，而且一年中十分之九的时间都过得挺规矩。他有足够的钱成家，那不是问题所在，只是家人会瞧不起她。首先，是她那个恶名昭彰的父亲；其次，她母亲办的出租公寓也有各种传闻。他心里明白这下子被坑了，他想象得到他的朋友正在谈笑这件绯闻。她本来有点粗俗；她说话常常用错文法，可是如果他真的爱她，这有什么关系呢？他把生米煮成了熟饭，那他到底该喜欢她呢还是轻蔑她，他拿不定主意。当然啦，这件事他也有一份。他在本能驱使下想要保持自由之身，不想结婚。本能告诉他说，一旦你结了婚就完了。

他穿着衬衫与长裤无可奈何地坐在床边，这时候她轻轻敲了敲门走了进来。她把一切都告诉他了，说她已经跟她母亲和盘托出，又说她母亲要在那天早上跟她和他谈一谈。她哭了起来，用双臂抱着他的脖子，说：

“巴伯！巴伯！我该怎么办呢？我到底该怎么办呢？”

“我要了结自己。”她说。

他无力地安慰她，叫她不要哭，说事情会好的，别害怕。他感觉到她的胸口顶着他的衬衫在不停地起伏。

这件事之所以会发生，并不尽然是他的过错。他记得很清楚，他有独身男子特有的那种好记性。他记得她的衣服、她的呼吸以及她的手指起初给他的那种有心无心的爱抚。后来有天深夜，他已经脱了衣服要上床，她在怯怯地敲他的门。原来她的蜡烛被一阵风给吹熄了，要在他的蜡烛上借个火。那天晚上刚好轮到她沐浴，她穿了件印花绒的宽松睡衣，她那白白的脚板露在毛皮拖鞋的开口处，而喷了香水的皮肤下面泛着暖暖的血色。在她点燃了蜡烛并把它放好的时候，一阵幽幽的香水气息从她的双手及双肘上散发出来。

有个晚上，他深夜归来，她替他把晚餐弄热。深夜里公寓里的人都睡了，他只觉得她独自守在他的身边，几乎弄不清他吃的是什么了。她多体贴！如果哪个晚上天气寒冷，或潮湿或有台风，那就一定有一小杯甜酒弄好了给他喝。说不定他们能够在一起幸福地生活……

他们总各拿一支蜡烛踮着脚上楼，而在第三道楼梯口依依不舍地道晚安。他们总会接吻，他记得她的那双眼睛、她的手给人的触觉，以及他那时的意乱情迷……

可惜意乱情迷转眼而过。他响应着她的话，自己说给自己听：“我该怎么办？”独身男子的本能警告他，要他往后退，可恨大错已经铸成了，连他自己的荣誉心都告诉他说，这样的罪是一定要补偿的。

就在他跟她坐在床边的时候，玛丽走到门边来说，女主人在客厅里等着他。他站起来穿上外套与背心，越发可怜巴巴了。他穿衣的时候还向她走过去，安慰她说不会有问题的，不要害怕。他走了，她就在床上哭着，并且柔声地哀叹：“我的天哪！”

下楼的时候，他的眼镜因为湿气变得一片模糊，只好再取下来擦拭。他真巴不得能够穿过屋顶飞到另一个国家去，从此再也听不到他的烦恼，可是有一股力量推着他一步一步往楼下走。老板以及老板娘的两张严厉的脸孔都正瞪着他，要他好看呢。在最后一段楼梯上，他跟杰克·穆尼擦身而过，后者怀里抱着两个“巴斯”啤酒瓶往楼上去，他们冷冷地打了招呼。这个大情人的目光，有那么一两秒钟看到一张牛头犬的肥脸，以及一双肥短的手臂。他走到楼梯尽头往上望，看见杰克也正从回房间的走廊那里望着他。

突然间他想起来了，有天晚上，有个音乐厅的“艺人”，就是一个黄发绿眼的小个子伦敦人，向波莉说了一句相当放肆的玩笑话。那一次的家人团聚几乎因为杰克牛性大发而不欢而散。每个人都想来劝他，那个音乐厅的“艺人”脸色显得比平常凝重，不住地赔着笑脸说，他并没有恶意，可是杰克一直向他咆哮，说如果那个家伙敢跟他的妹子玩这种把戏，他非用牙齿把他的喉咙咬断不可，他可不含糊。

波莉抽抽搭搭地哭着，在床边坐了一会儿。然后她就擦干了眼睛，走去照镜子。她把毛巾的一头浸在水罐里，用清凉的水清洗她的眼睛。她又侧过身来打量自己，整了整她耳朵上面的一枚发夹。然后她回到床边，坐在床角。

她久久望着那两只枕头，看见了它们，她心里面藏着的那些秘密的亲热回忆就都被唤醒了。她把脖子靠在凉凉的床头栏杆上，跌进一片绮思里去，她的脸上再也看不到一丝不安的痕迹了。

她几乎是高高兴兴地耐着性子等着，毫不惊慌。她的回忆渐渐地就转变成了对未来的希望与憧憬。她那些希望与憧憬都是那么错综复杂，以至于她再也看不到她眼睛瞪着的那两只白枕头，再也想不起她在等待什么了。

她终于听到了母亲的呼唤，她一下子就跳了起来，奔向楼梯栏杆。

“波莉！波莉！”

“妈，什么事？”

“亲爱的，你下来。多兰先生要跟你说话。”

她这才想起来她到底在等待什么了。

一朵浮云

A LITTLE CLOUD

● ○

八年以前他在北墙送他的朋友走，祝他一路平安。伊格内修斯·加拉赫果然一帆风顺，从他那种跑过码头、见过世面的神态，身上那套剪裁考究的粗花呢衣服，以及无所畏惧的口气，马上就可以看出来。朋友当中有他那样才干的可不多，而仍然能够不让这种成就感宠坏了的就更少了。伊格内修斯·加拉赫的志向放对了地方，本来就该有所成就。有这样一个朋友，也可以说是难得的了。

自从用完午餐后，小钱德勒就一直想着他跟伊格内修斯·加拉赫见面的事情，伊格内修斯·加拉赫的邀请，以及伊格内修斯·加拉赫所住的伦敦这个大城市。他之所以被人称为小钱德勒，是因为尽管他的个子比一般身材矮不了多少，但总让人觉得他是个小男人。他那双手白白小小的，他的身子骨单单薄薄的，他讲起话来细声细气，而举止是文文静静的。他把他那头漂亮的丝绸般的头发及胡子照顾得无微不至，而且总仔细地在手帕上洒些香水。他指甲上的半月牙个个完整，而在他微笑的时候，你就可以看见一排孩子气的白牙齿。

他坐在国王旅社里他那张办公桌边，心里想这八年来的变化可真大。他认识的这位朋友以前穷困潦倒，如今竟然成了伦敦报界的一号人物。他常常停下手头乏味的案头工作，凝望着办公室的窗外。一抹晚秋落日的霞光笼罩着一些草坪与走道，就像洒下来的一把柔和的金粉，落在那些邋遢的护士以及那些在公园凳子上打瞌睡的衰弱的老人身上；这片光闪烁在所有走动的人身上，闪烁在那些沿着石子路尖嚷奔跑的孩子身上，闪烁在行经公园门的人身上。他望着这片景致，思索着人生，于是他就变得落寞了。他心里被一股淡淡的忧伤所弥漫，他觉得跟命运争斗是多么徒劳无功，而这竟是历代先人传递给他的智慧包袱呢。

他想起了家里书架上搁着的那些诗集，都是他结婚前买的，而在许多个黄昏，他坐在客厅旁边那间小房间里，总忍不住想要从书架上抽一册下来，念几首给他妻子听。但是他怕羞，所以一再抑制自己的冲动。因而那些书始终留在书架上，他偶尔背诵几行给自己听，聊以自慰。

下班时间到了，他站起身来分秒不差地告别了办公桌跟同事。他那干净朴素的身影经过国王旅社那道古色古香的拱门而走到外面，然后快步走上利埃塔街。金色的夕阳正在暗淡下去，空气渐渐冷了起来。有一伙脏兮兮的儿童出现在街上，他们在车道上或奔或立，或者爬上那些敞开的大门前面的台阶，或者像小老鼠那样蹲在门槛上。小钱德勒根本就没想理他们，他敏捷地找路，走过所有这些小害虫那样的东西，他走在那些鬼魅般可怕的大厦阴影之下，那都是都柏林老贵族曾经喝酒喧闹过的地方。他不想回想过去，因为心里洋溢着一份眼前的喜悦。

他从未去过柯雷斯餐厅，但是他知道这家店很有名气。他知道人家看完了戏都到那里去吃牡蛎喝醇酒，他又听人说那里的侍者说法语和德语。夜间快步走过那里的时候，他曾见一辆辆出租车开到大门口，而衣着华丽的女士，有护花使者陪着匆匆下了车走进去。她们穿上让人眼花缭乱的服装，还有各种各样的佩饰，她们的脸庞都涂脂抹粉，每遇到长裙拖地的时候，就像受了惊吓的阿塔兰达公主，马上把衣服提起来。他总是头也不回地走过去，就算在白天，他还是那个习惯，在大街上快快地走，而深夜独自在城里走路时，他更是忐忑不安地急急赶路。不过，有几次他故意去做那些让自己恐惧的事。他选择那些特别阴暗而狭窄的街道，而在他鼓起胆子往前走的时候，那扩散在他脚步四周的静默让他感到不安，那些徘徊的无声人影也让他不安。有时候一阵突如其来的低沉笑声，就使得他像片树叶那样抖起来。

他向右转走向凯普尔街。伊格内修斯·加拉赫进了伦敦报界！八年以前谁能料到会有这么一天呢？然而，小钱德勒如今回顾过去，可以想起来他朋友身上果然有不少能成大器的征兆。人家都说伊乃休·伊格内修斯·加拉赫狂放不羁，不错，他那一阵跟一批混混儿朋友在一起白吃白喝，而且到处向人借钱。最后，他牵涉进一件可疑的案子，而且跟钱的来往有关：至少这是他逃亡的一个说法。但是他的才干是没话说的，他身上总有那么一种……让你不由得肃然起敬的地方。就算到了一文不名而且百计难施的时候，他还是能撑起一张无所谓的脸孔。小钱德勒还记得（这个回忆使他的两颊因为骄傲而微微发烫），伊乃休·伊格内修斯·加拉赫被人逼得兜不过身来时说的一句话。

“伙计，别忙，”他还是满不在乎地说，“我的锦囊妙计在哪儿？”

伊乃休·伊格内修斯·加拉赫当时就这么豁了出去，说真的，他这一点让你不得不佩服。

小钱德勒加快步伐，因为他生平头一遭儿觉得，自己比身边走过的那些人都强，也因为他心里头第一次敢厌恶凯普尔街上的庸俗平凡。这是毋庸置疑的，你若想要有成就，就得远走高飞，你在都柏林是没什么作为的。他走过格兰登桥的时候，向下望着那条流向下游码头的河，心里着实可怜那些破旧的矮小房屋。他觉得它们就像一伙流浪汉，在河堤上挤成一堆。他们的旧外套上盖满了灰尘与烟垢，迷醉在落日的大景观里，等待夜晚的初寒来唤醒他们，然后颤抖着身子离开。他心里想，他是否能够写一首诗来表达这个意念。说不定伊格内修斯·加拉赫能把他这首诗发表在一家伦敦报纸上。他写得出什么清新脱俗的东西来吗？他不太清楚要表达什么意念，但是一想到片刻的诗意感动了他，他的内心就仿佛被一线微弱的希望照亮了。于是他豪迈地跨步向前。

每一步都使他更接近伦敦，也更远离自己以前过的那种平淡无奇的生活。他内心的地平线出现了一线悸动着的光明。他还不算太老——今年三十二岁。

他的气质或许可以说是恰好到了成熟之年。他有那么多不同的情怀与印象，都是他希望用诗歌来表达的。他觉得它们都藏在他心里。他曾经扪心自问，看自己有没有诗人的灵魂。他气质里最显著的部分就是忧郁，他想，但这种忧郁被反复出现的信心、顺命及单纯的喜悦所冲淡。假如他能够把这种感受流露在一本诗集里，说不定别人会有兴趣一读。他是出不了大名的，他心里有数。他影响不了大众，但是他说不定可以打动一小群意气相投的人。说不定英国的批评家会因为他诗里有那种忧郁气质而赏识他，把他当作一位凯尔特派诗人，因为其诗多取材自爱尔兰传说，并力求重现爱尔兰过去的生命。他们的诗均有梦幻力量，而且往往出之以忧郁调子。除这种成分外，他还会用上一些隐喻。他开始在心里拟想他的诗集会招来的批评措辞："钱德勒先生的诗才有行云流水之妙。"……"他的诗洋溢着淡淡的哀愁。"……"有凯尔特派的风调。"要是他的名字更有爱尔兰味道就好了。说不定把他母亲的姓氏放在他姓氏前面会好一点：其如托马斯·梅隆·钱德勒，或者干脆就写成T. 梅隆·钱德勒。这事他要跟伊格内修斯·加拉赫谈一谈。

他心里想得天花乱坠，以至于走过了头，只好折回去。他走进考莱斯饭店时，原先的忐忑不安开始来左右他了。他犹豫不决，停在大门口，但最后还是推开门走了进去。

酒吧间的灯光与喧闹声，使得他愣在门廊那里好一会儿。他环顾四周，只见许多红红绿绿的酒杯在闪闪发光，看得他眼花缭乱。在他看来，这酒吧里全都是人，而他觉得那些人都在好奇地打量他。他迅速地左右扫视，但是等他看得清楚些的时候，他才看到根本就没人转过来望他；就在那里，一点不错，伊乃休·伊格内修斯·加拉赫斜靠在柜台边，两腿叉开站在那里。

"嗨，汤米，老伙伴，你来了！你要什么？你喝什么？我要威士忌：这玩意儿比我们在隔海那边喝的好。加苏打？还是矿泉水？不要矿泉水吗？我也一样。会把味道冲淡了……这里，小弟，给我们两份半杯的麦芽威士忌，帮个忙……对了，从那次分手以来，你过得如何？真想不到，我们都老了，你看得出我的老态来吗——什么？头顶上有点白发也有点秃，是吗？”

伊乃休·伊格内修斯·加拉赫摘下帽子，露出一个剪了短头发的大脑袋。他的脸庞肥厚苍白，胡子刮得精光。他的眼睛是灰蓝色的，冲淡了不健康的苍白脸色。在他所系的那条鲜艳的橘色领带上面，是一对坦率的眼睛。他的嘴唇显得很长，既没有形状又没有色彩，夹在这些互相争辉的五官之间。他低下头来，用两根手指怜惜地抚摩着脑门儿上那些稀松的头发。小钱德勒摇摇头，表示不以为然。伊乃休·伊格内修斯·加拉赫把他的帽子重新戴上。

“新闻生涯催人老，”他说，“总是那么匆匆忙忙，找新闻题材，往往一无所获。可是呢，手头上又总有些新鲜东西。要命的校对与印刷。老实说，刚开始真受不了。我实在高兴极了，不瞒你说，能够回到老家来，这对人大有好处，有一点度假的味道。一踏上亲切肮脏的都柏林，我就觉得好了一千倍……你果然来了，汤米。要兑水吗？够了请说。”

小钱德勒给他的威士忌兑了些水，把酒精稀释了。

“老朋友，你看来不会喝酒，”伊乃休·伊格内修斯·加拉赫说，“我喝纯酒。”

“我平常很少喝，”小钱德勒谦虚地说，“跟老朋友在一起，偶尔喝个半杯，如此而已。”“那也行啊，”伊乃休·伊格内修斯·加拉赫快活地说，“这一杯敬我们及往日时光。”他们碰了杯，把酒喝了。

“我今天见到了一个老伙伴，”伊乃休·伊格内修斯·加拉赫说，“奥哈拉看起来不得志，他现在干什么？”

“没工作，”小钱德勒说，“他落魄了。”

“可是胡根有好差事，对不对？”

“对，他在地政事务所。”

“有天晚上，我在伦敦见到他，他好像出手挺阔……可怜的奥哈拉染上了酒瘾，我猜想。”

“还有别的事。”小钱德勒长话短说。

伊乃休·伊格内修斯·加拉赫笑了起来。

“汤米，”他说，“我看你一点也没变。你还是从前那个认真样。那时候我星期天早上起来头昏脑涨，一嘴的苦味，你总是要把我教训一顿。你本想到外面去走一走，什么地方都没去过吗？连一次旅行也没？”

“我到曼岛去过。”小钱德勒说。

伊乃休·伊格内修斯·加拉赫笑了起来。

“曼岛！”他说，“你该去伦敦或巴黎！尤其是巴黎，那对你有好处。”

“你去过巴黎吗？”

“我应该说是去过吧！我在那里浪荡了一阵。”

“那里真像人家说的那么美吗？”小钱德勒问。

趁着伊乃休·伊格内修斯·加拉赫豪爽干杯之时，他啜了一小口酒。

“美吗？”伊乃休·伊格内修斯·加拉赫说，回味着这个字眼，也回味着酒的滋味，“并没有那么美，你知道，当然，那是美的……但美的是巴黎的生活，就是那样。啊，那种欢乐，那种动态，那种兴奋刺激，别的城市都比不上巴黎。”

小钱德勒喝完了他的那份威士忌，费了一番手脚才引起了酒吧侍者的注意，他又点了同样的一份。“我去过红磨坊。”伊乃休·伊格内修斯·加拉赫等侍者撤去了杯子继续说，“我也去过所有的波西米亚咖啡店。真够味！像你这样虔诚的人可去不得，汤米。”

小钱德勒没说什么，一直等到侍者又拿了两杯酒回来，然后他跟他朋友的杯子轻轻碰一下，向他回敬。他开始觉得有点失望了。伊格内修斯·加拉赫说话的味道以及沾沾自喜的样子，他都不觉得有趣。他朋友身上有那么些他以前没见过的流气，但这或许只因为生活在伦敦，而且又处于新闻界的竞争当中吧。从前那个人的可爱之处在哪里？大概在这层新的俗气的外表下面吧。再说呢，伊格内修斯·加拉赫到底是过来人了，他见过世面。小钱德勒羡慕地看着他的朋友。

“巴黎的生活真是无一不乐，”伊乃休·伊格内修斯·加拉赫说，“他们认为，人活着就是享乐——难道你认为他们不对吗？要是你想好好乐一下，那非去巴黎不可。而且你要知道，那里的人很喜欢爱尔兰人，老兄，他们听说我从爱尔兰来，差点把我给吃了。”

小钱德勒连连喝了四五杯酒。

“请问，”他说，“巴黎真像他们所说的……伤风败俗吗？”

伊乃休·伊格内修斯·加拉赫用他的右臂做了一个包罗一切的手势。

“每个地方都有伤风败俗的事，”他说，“当然了，够味道的事巴黎才有。举例来说，你到学生办的舞会上去看看，等那些婊子开始放荡起来，不瞒你说，那可就热闹了。我想，你总知道她们是怎么样的人了。”

“我听说过。”小钱德勒说。

伊乃休·伊格内修斯·加拉赫把他的威士忌喝光了，摇着他的头。

“啊，”他说，“不管你怎么说都行。论风采，论流行，别的地方的女人都比不上巴黎的。”

“那么，它真是个风气败坏的城市喽？”小钱德勒稍带一点强调说，“我的意思是说，跟伦敦和都柏林比起来。”

“伦敦，”伊乃休·伊格内修斯·加拉赫说，“它跟另外那个比起来，差不到哪里去。老兄，你去问胡根。他去伦敦的时候，我带他观光过。他可以给你带路……我说呀，汤米，别把威士忌当甜酒喝，喝纯的吧。”

“不行，真的……”

“哎呀，算了吧，再来一杯，也害不了你。要什么呢？同样的，对吧？”

“那……那好。”

“小弟，跟刚才一样。汤米，你抽烟吗？”

伊乃休·伊格内修斯·加拉赫掏出了他的烟盒。这两个朋友都点上了烟默默吸着，一直等到他们叫的酒上来。

“你不妨听听我的见解，”伊乃休·伊格内修斯·加拉赫在烟雾里躲了一阵，然后露出脸来说，“这真是一个奇怪的世界。就拿风气败坏来说吧，我听到过不少事情——我现在说什么啊？——都是我知道的事情：那些……风气败坏的事情……”

伊乃休·伊格内修斯·加拉赫若有所思地抽着他的雪茄，接着，他用一种历史学家的平静语调，把国外所流行的那些堕落败坏的情形给他的朋友做了一番大概的描述。他把许多大城市里的罪恶做了一个概述，而似乎有意要让都柏林得头奖。有些事情他不敢担保（都是他的朋友告诉他的），但其他的他都有切身经验。无论什么阶层他都不放过。他透露了欧洲大陆那些虔诚世家的许多秘密，又描述了一些在上流社会盛行的行径，末了又详详细细说了一个有关英国公爵夫人的故事——这故事他知道是真实的。小钱德勒觉得很惊讶。

“幸好，”伊乃休·伊格内修斯·加拉赫说，“我们现在是在慢吞吞的都柏林，压根儿就没听说过这样的事情。”

“你见识了那些地方，”小钱德勒说，“一定会觉得这里好沉闷。”

“说起来呢，”伊乃休·伊格内修斯·加拉赫说，“到这里来是修身养性的，毕竟这是故乡嘛。人家都这么说，可不是吗？人难免都有一种故土之恋，这就是人性。对了，谈谈你自己的事情吧。胡根告诉我，你已经……享受到了婚姻之乐。两年前，对不对？”

小钱德勒红着脸微笑起来。

“不错，”他说，“我是在去年五月结的婚，整整一年了。”

“但愿我现在还来得及给你至诚的祝福。”伊乃休·伊格内修斯·加拉赫说，“我不知道你的地址，否则当时就这样做了。”

他伸出手来，小钱德勒跟他握了握。

“那么，汤米，”他说，“我祝福你跟你那一半享受到人间至福。老弟，还希望你赚大钱，再祝你永远不死，等我来收拾你。祝福你的，是一个诚心诚意的老朋友，你懂吗？”

“我懂。”小钱德勒说。

“有小孩子吗？”伊乃休·伊格内修斯·加拉赫问。

小钱德勒又脸红起来。

“我们有一个孩子。”他说。

“儿子还是女儿？”

“一个小男孩。”

伊乃休·伊格内修斯·加拉赫使劲地拍了拍他朋友的背。

“太好了，”他说，“汤米，我知道你行。”

小钱德勒微笑起来，困惑地盯着他的酒杯，用三颗孩子气的白色大门牙咬着他的下唇。

“在你回去以前，”他说，“我希望你跟我们小聚一个晚上。我太太很乐意见到你。我们可以听一点音乐，并且——”

“多谢了，老朋友，”伊乃休·伊格内修斯·加拉赫说，“我真抱歉不能早一点见面。可惜我明晚就要离开。”

“那么今晚……？”

“老伙伴，我实在抱歉，你知道，我是跟另外一个朋友一起来的。他也是个伶俐的年轻朋友，我们说好了要参加一个小小的牌局，要不是因此……”

“哦，既然如此……”

“但是谁知道呢？”伊乃休·伊格内修斯·加拉赫体谅地说，“如今我已经开了个头，明年很可能会到这里来小住。这不过是把聚会往后延罢了。”

“说得对，”小钱德勒说，“来年你来了，我们一定要好好过一个快活的夜晚。那就说定了，好不好？”

“好，说定了，”伊乃休·伊格内修斯·加拉赫说，“来年如果我来了，那可是有话在先了。”

“空口无凭，”小钱德勒说，“那我们再喝一杯。”

伊乃休·伊格内修斯·加拉赫掏出一个大大的金表看了看。

“真的是最后一杯？”他说，“你要知道，我有个约。”

“那当然了。”小钱德勒说。

“那行，”伊乃休·伊格内修斯·加拉赫说，“让我们再喝一杯，当作‘长亭送别’，这样说应该得体，我相信。”

小钱德勒点了酒，他脸孔的血色渐渐明显起来了。他平常稍喝一点就会脸红，而现在他觉得既温暖又兴奋。三小杯威士忌已经冲到了他的脑门儿，而伊格内修斯·加拉赫的浓烈雪茄迷昏了他的心神，因为他本来是个体质纤弱而生活有节制的人。这回一改往常的行为，约会阔别八年的伊格内修斯·加拉赫才放任自己，和伊格内修斯·加拉赫在考莱斯任由灯光与喧闹所包围。听伊格内修斯·加拉赫说故事，在短短的时间里伊格内修斯·加拉赫分享了那种放浪而又得意的生涯。这一来他敏感天性里的那份平衡起了动荡，他深切体会到自己的生活与他朋友之间有明显的对照，而这在他看来是不公平的。论出身、教育，伊格内修斯·加拉赫都不如他。他相信只要他有机会，他的成就原本可以胜过他朋友，无论讲过去还是将来，华而不实的记者生涯又何足道哉？是什么阻碍了他呢？是他自己那份不合时宜的懦弱！他但愿有法子让自己出口气，赢得一份男人的尊严。他看穿了伊格内修斯·加拉赫婉拒他邀请的理由。伊格内修斯·加拉赫不过拿他的友情来向他表示一点关顾的意思，就如他拿他的回乡来关怀爱尔兰一样。

侍者端来了他们的酒，小钱德勒把一杯推向他的朋友，并且豪爽地端起了另外一杯。

“——谁知道呢？”他说。

他们各自举起杯子来。“明年你再来的时候，我可能就有那份荣幸，来祝贺伊格内修斯·加拉赫伉俪的长寿幸福了。”

伊乃休·伊格内修斯·加拉赫在喝酒时为了表示领情，凑着杯口闭起了一只眼。他喝了以后，断然咂咂嘴唇，搁下他的杯子说：

“……老朋友，这你大可不必担心。我要先快活一阵，见识见识人生与世界，再去上吊！假如真有那么一天的话。”

"你一定会的。"小钱德勒平静地说。

伊乃休·伊格内修斯·加拉赫把他那条橘色领带和那双灰蓝色眼睛都凑到他朋友的面前来。

"你认为如此吗？"他说。

"你一定会情愿上吊的，"小钱德勒放肆地说，"只要你找到中意的人，就会像别人一样了。"

他说话的语气有点重了，他也留意到自己忘形了，但是，尽管他两颊的颜色愈来愈深，他朋友的锐利目光并没能使他畏缩。伊乃休·伊格内修斯·加拉赫瞪着他好一会儿，然后说：

"如果有这样的事情发生，那你不妨拿老本来打个赌，那绝对没有爱呀情呀这些事情在里面。我打定主意要跟钱结婚。她一定在银行里有大笔存款，否则就跟我无缘。"

小钱德勒摇摇头。

"老实说，人是活的，"伊乃休·伊格内修斯·加拉赫掷地有声地说，"你可知道这是怎么回事吗？我只要把话说出来，明天就能人财两得。你不相信？行，我知道。世界上有成千——你听清楚了吗？——有上万的有钱德国人跟犹太人，钱多得发臭，真巴不得……朋友，你等着瞧吧。看我会不会把牌打错了。老实说，一件事我拿定了，就不会放手。你只要等着瞧。"

他猛地拿起杯子来凑到嘴边一口干了，接着放声大笑。然后他若有所思地望着前面，用一种比较平静的语调说：

"但是我可不急。他们会等。你知道，我可不想把自己跟一个女人绑在一起。"

他用他的嘴做个品尝的动作，然后又扮了个苦脸。

"那一定会走味，我想。"他说。

小钱德勒坐在客厅旁边的那间房间里，怀里抱着一个小孩子。为了省钱，他们没请用人，只让安妮的小妹妹蒙妮嘉每天早晚来一两个钟头帮帮忙。但是蒙妮嘉早就回家了。这时候是九点差一刻，小钱德勒回家已经错过了茶点时间，再者，他又忘记替安妮从布雷商店带一包咖啡回来。她当然就没好气，所以不太爱搭理他。她说她不喝茶也可以，但是等到街角那家店快打烊的时候，她又决定自己出去买半斤茶叶跟两斤白糖。她把睡着的孩子轻巧地放进他怀里：

“抱着，别弄醒了他。”

台子上站着一盏有白瓷罩的小台灯，灯光照在一张用花边相框框着的照片上。那是安妮的小照，小钱德勒望着它，端详那抿紧的薄薄嘴唇。她身上穿的那件淡蓝色的夏装，是他某个星期六买回家给她做礼物的。那花了他十先令十一个便士，但是他为此还大大紧张了一番，那真是一言难尽！那天他吃了不少苦头。先在店门口等，等到店里都没有人了，他才敢进去。站在柜台边，在店员把成堆的衣服堆在他面前的时候尽量摆出大方自在的样子，后来在收账台付了钱，又忘了拿找回来的零钱，让出纳给唤了回去。最后，在离开店门的时候，为了要藏起他那张涨得通红的脸，就假装低头检视包裹，看看是否扎实在了。他把这件女衫带回家，安妮亲了他，说衣服很漂亮，款式也新。但是等听说了价钱，她就把它扔在台子上，说，这样的东西卖十先令十一个便士等于是骗钱。起初她执意要把它退回去，但是等到她试穿了一下，倒又喜欢起来，尤其是那衣袖的做法。她就亲他，说他对她真是体贴。

哼！……

他冷冷地望着照片里的那对眼睛，它们也冷冷地回瞪过来。那对眼睛当然是漂亮的，那张脸本身也漂亮，但是他在其中找到了一种平庸的成分，这张脸为什么无所自觉，这么女人样？那对眼里的沉着令他感到不快。它们把他推得远远的：它们里面没有热情，没有欢欣。他想起伊格内修斯·加拉赫说到的那些犹太人的富家女，他想，那些黑色的东方眼睛，其中该有何等的热情，何等肉欲的渴望！……他为什么跟照片里的这对眼睛结了婚？

这个问题把他套住了，他不安地环视室内。那套他为这座分期付款的房子买的漂亮家具，他现在也觉得有点平庸了。这是安妮亲自挑选的，所以让他想起了她。那也是规规矩矩、漂漂亮亮的。有一股厌恶他自己生活的隐隐不满之情在他心里蠢蠢欲动。难道他不能够逃出他这座小房子吗？难道他想要去过伊格内修斯·加拉赫那样的放浪生活已经为时过晚了吗？他不能去伦敦吗？这套家具的钱还没有付清。只要他能写一本书，把它出版，说不定眼前就有了路。

有一本拜伦诗集搁在他面前的台子上，他用左手小心翼翼地把它翻开，免得惊醒了孩子，然后去读那诗集里的第一首诗：

风儿静了，暮色却渐渐浓了。

林中连吹过的微风都没有。

而我归来探访美人的芳冢，

把鲜花撒在我所爱的那撮泥土上。

他顿住了，他觉得这首诗的韵律弥漫在这房间里。那是多么忧郁啊！他也能写出这样的诗来展露他内心里的那份忧郁吗？他想要描写的事情实在太多了：举例来说，几小时以前他在格兰登桥上的感受。只要他能够重新回到那种情愫里去……

孩子醒了，接着哭起来。他移开诗集，想把孩子哄睡，但是孩子不上他的当。他就抱着孩子在怀里摇来摇去，孩子反而哭得更加起劲。他把孩子摇得更加起劲，而他的眼睛开始去读第二段：

在这三尺黄土里躺着她的香尘。

那香尘从前曾经……

这不成，他读不下去，他什么事也不能做，孩子的哭声刺穿了他的耳膜。不成，不成啊！他是个生活的囚犯，他的双臂因为愤怒而发起抖来。突然他低下头冲着孩子的脸大叫：

“别哭！”

孩子停了那么片刻，因为受了惊吓又开始号叫起来。他从椅子上一跳而起，怀里抱着孩子在房间里急躁地踱来踱去。孩子开始悲切地哽咽起来，有四五秒钟堵住了气，然后又重新哭闹出来。房间的薄薄墙壁回响着哭声。他设法安慰孩子，但是孩子却哽咽得更加厉害了。他望着孩子那张皱成一团发抖的脸开始惊慌了。他数了一连七次哽咽，中间没停顿过，就慌乱地将孩子一把抱到胸口，万一他死了……

房门突然被顶开了，一个年轻女子冲了进来，喘着气。

“怎么了？怎么啦？”她叫着。

孩子一听见母亲的声音，就迸发出一阵痉挛的哽咽声。

“安妮，没什么……没什么……他哭了起来……”

她把大包小包都抛在地板上，一把从他手上抢过孩子。

“你是怎么对他的？”她叫着，凶狠地瞪着他的脸。

小钱德勒有那么片刻忍受了她那双眼睛的凝视。他看到那里面的仇恨，心就完全关闭了起来。

他冷冷地说：

“没什么……他……他哭了起来……我不能……我没做错什么……什么？”

她对他毫不理睬，开始在房间里来回走着，双臂紧紧抱着那孩子，轻柔地说：

“我的乖宝贝！我的乖宝贝，宝贝，是不是吓着了？……宝贝，现在好了！现在好了！乖乖小绵羊！妈妈最疼的小绵羊！……好啦，好啦！”

小钱德勒一脸羞惭，悄悄退到灯光以外去。他听着孩子的哽咽声渐渐低了下去，伤心的泪水夺眶而出。

无独有偶

COUNTERPARTS

● ○

那铃声猛然响了起来，帕克小姐走向传声管的时候，有个人用刺耳的北爱尔兰口音凶凶地喊叫：

“叫法云登到这里来！”

帕克小姐向她的打字机走去，向一个伏案写字的男子说：

“艾伦先生要你上楼去。”

“去他的！”这个男子压低了声音喃喃地说，就移开椅子起来。他一站起来，就显出是个高个子大块头。他有张深酒红色的脸，金黄色的眉毛和胡子；他的双眼稍微有点外凸，眼白混浊。他把柜台板掀起，踏着沉重的步伐，走过顾客，走出了那间办公室。

他踏着沉重的步子往楼上走，一直走到第二道楼梯口，那里的一扇门上有块铜牌，上面写着“艾伦先生”。他在这里停了下来，因为辛苦与懊恼而喘着气，然后他敲了敲门，有个又尖又高的声音叫道：

“进来！”

这个男子走进艾伦先生的房间，同时，艾伦先生从一大堆文件中抬起头来。他原来是个小个子，戴了一副金边眼镜，脸刮得很干净。那个头光秃秃的，而且是粉红色的，看起来就像搁在文件堆上的一个大鸡蛋。艾伦先生当下就说：

“法云登吗？这到底是什么意思？你为什么总是要让我说你呢？请问，你为什么不给包雷跟克宛订的合同做副本？我告诉过你，一定要在四点前弄好。”

“可是谢力先生说，先生——”

“谢力先生说……劳驾你注意我说的话，别管什么‘谢力先生’说的。你总有借口来推诿责任。老实说，如果这份合同没在今晚以前誊出，我就把事情告到克洛斯比先生那里去……你可听清楚了？”

“听清楚了。”

“真的听清楚了？……对了，还有件小事！我跟你讲话就等于跟墙壁讲话。再跟你说一次，午餐时间是半小时，可不是一个半小时。我倒想请教……你到底要吃几道菜……现在你总听清楚了吧？”

“听清楚了。”

艾伦先生又低下头去看他那堆文件。这个男子盯住那颗掌管着克洛斯比艾伦公司一切业务的光脑袋心里想，这东西经不起打。有那么片刻，一阵愤怒哽住了他的喉咙，后来他只觉得口里很干燥。这男子知道这是什么感觉，他想，今儿晚上一定得喝个痛快。月中已经过了，假如他能及时赶好那份誊本，艾伦先生说不定会吩咐出纳让他借支。他木然而立，出神地看着那颗放在文件堆上的脑袋。突然之间，艾伦先生为了找什么东西搅乱了所有文件。然后好像到现在才发现这个人在面前，又把他的头猛一下抬了起来，口里说：

“咦，难道你要在这里站一整天吗？法云登，说真的，你实在是从容啊！”

“我是等着看……”

“好啦，你不必等着看了，下楼去办你的公吧。”

这个男子脚步沉重地走向门口，在他走出房门时，听见艾伦先生冲着他的背大声说：如果这副本在下班时还没弄好，那就别怪他告诉克洛斯比先生。

他回到楼下自己的办公桌，数一数那些有待誊写的纸张。他拿起笔来，蘸了墨水，可是眼睛尽瞪在他起先写的一行字上：“上述伦纳德·帕德里克绝不……”暮色降临了，再过几分钟，人家就会把煤气灯给点起来：那他就可以写了。他觉得一定要解除他喉咙里的干渴，于是从办公桌旁边站了起来，像刚才那样翻起柜台板，走出了办公室。办公室主管用询问的目光望着他。

"谢力先生，别紧张。"这个男子说。同时用他的手指指他此行的目的地所在。

主管瞥了一眼搁帽架，见帽子一顶没少，也就不说话了。这人从他口袋里拉出一顶方格子牧羊帽，把它戴在头上就快快走下那道摇摇晃晃的楼梯。他走出临街大门，偷偷摸摸地顺着人行道内侧向街角前进，然后闪进了一个门廊。他现在已经藏身在奥尼尔酒店的黑暗里，觉得舒服而安全。他把他那张暗红色的兴奋脸塞满那个望进酒吧间去的窗口，叫道：

"嗨，帕特，帮个忙，给我一杯黑啤酒。"

酒保递给他一杯纯啤酒。这人把它一口喝干，又要了一粒香菜籽。他放了一便士在柜台上，让那个酒保暗地里摸索，就像进来那样悄悄退出这间酒吧。

一阵浓雾带来了黑暗，笼罩着二月的暮色，而尤斯泰街上的路灯都已经点亮了。这个男子一家家走过去，一直走到公司的门口。他心里直嘀咕，能不能及时抄完他的副本。在上楼的时候，有一阵腻腻浓浓的香水味冲向他的鼻子：那准是在他去奥尼尔时德拉古小姐来了。他再把小帽塞进裤袋走进办公室，装出一副心不在焉的样子。

"艾伦先生一直在叫你，"主管冷冷地说，"你到哪里去了？"

这个男子瞥了一下站在柜台旁边的两位顾客，仿佛暗示当着他们的面不便回答。由于这两位顾客都是男性，主管就大声笑了起来。

"那种事情我知道，"他说，"一天五次实在有点……算了，你打起精神来，替艾伦先生弄一份我们承办德拉古案子的书信副本。"

当众被人这样数落，加上快跑上楼，以及那么匆忙之间喝了酒，使得这个人昏了头，所以在坐下去要干活的时候他才明白，要在五点半以前赶出这份合同的副本根本是没指望了。潮湿的黑夜已经来了，他渴望到那些酒吧去打发时间，在耀眼的煤气灯及酒杯的清脆声之间跟他的朋友们喝酒。他找出了德拉古通信档案后就走出办公室。他祈愿艾伦先生不会察觉其中少了最后的两封信函。

那浓腻的香水味一路传到了艾伦先生的房间。德拉古小姐是个有犹太人外貌的中年女子。据说艾伦先生看上了她，或者看上了她的钱。她常来公司，每次来都待上好一阵。她现在坐在他的办公桌旁，身上散发着浓香，一边抚摩着她那把洋伞的手柄，一边点着她帽子上那支大大的黑羽毛。艾伦先生已经把他的椅子转了过来面对她，而且帅气地把他的右脚搁在他的左膝盖上。这个男子把通信档案放在桌上，又敬重地鞠躬，可是无论艾伦先生也好，还是德拉古小姐也好，都没把他的鞠躬放在眼里。艾伦先生用一根手指轻轻敲着那份通信档案，然后拿起来向他挥了一挥，意思是说："这就行了，你去吧。"

这个男子回到楼下办公室，再回到他的桌子边。他用心瞪着那行完成的句子"上述伦纳德·帕德里克绝不……"心里在奇怪，为什么最后三个字都用同一个字母开头。那位主管开始催帕克小姐了，嘴里说怕她来不及把那些信及时打好送去邮局。这个男子听了一会儿打字机的嗒嗒声，然后着手来写完他的副本。可是他脑子不清楚，他的心早已飞到那家热闹的酒店去了，这样的晚上应该喝浓浓的酒。他挣扎着做誊写工作，但是等到钟敲第五下的时候，还有十四页没写完。去他的！他不能及时做完了。他真想大声骂人，真想用他的拳头把什么东西猛敲一阵。他实在太愤慨了，所以把"伦纳德·帕德里克"写成了"伯纳·伯纳"。结果又得换一张纸来重写。

他觉得自己力气极大，可以把整个办公室都扫个一干二净。他的身子蠢蠢欲动，要冲出去，把他的蛮力痛快地发泄一下。使他怒不可遏的，是他一生所遭遇的种种委屈……他能不能私底下请求出纳给他预支？不行，那个出纳不是好东西！他是不会给他预支的……他知道到哪里去找他的伙伴，他们是雷欧纳、奥贺罗伦和洛赛·弗林。他的情绪气压计已经到了要出乱子的程度。

就在他神游忘我之时，有人叫他，叫了两次他才听到。艾伦先生跟德拉古小姐这时正好站在柜台外面，全体职员都幸灾乐祸地转过头来瞧着。这个男子在他的桌子边站起身来，艾伦先生开始指责他，说少了两封信。这个人回答说他不知情，又说他是一字不漏地照誊。老板的咒骂没完没了，说得那么尖刻，以至于这个人几乎忍不住要拿他的拳头去敲面前这个衣架子的脑袋。

“另外两封信我毫不知情。”他蠢蠢地说。

“你——毫不——知情。你当然不知情，”艾伦先生说，“你说吧，”他又补充说，先瞧了一眼身边的那位女士以征得她的许可，“难道你把我当傻瓜，难道你以为我是个大傻瓜？”

这个男子的目光从那位女士的脸孔转到这个鸡蛋一样的脑袋上，然后又看回去；在他几乎意识到以前，他已经脱口而出说了起来：

“先生，我认为那不是该来问我的问题。”

全体职员这下子全屏住呼吸，大家都惊讶极了（连说这句聪明话的人也跟大家一样吃惊）。这时候，那位擅长做好人的德拉古小姐却爽朗地微笑起来。艾伦先生满脸通红，像朵野玫瑰，嘴巴猛烈地颤动起来。他在这个人的面孔前面挥着拳头，到后来就好像什么电动机器的把柄似的颤动着：

“你这个流氓！你这个流氓！我要把你给宰了！你等着瞧吧！你要跟我道歉，否则请你滚蛋！我把话说明白，你要么滚蛋，要么跟我道歉！”

他站在公司正对面的一家店门口，在那里守望，看看出纳会不会一个人走出来。所有的职员都走了出来，最后出来的是那位出纳和主管。他既然跟主管在一起，那就没话可说了。这个男子觉得他的处境实在是糟透了。他已经为了自己的失态向艾伦先生卑屈地道歉了，可是他心里有数，这家公司对他来说已经是个不能待的马蜂窝了。他还记得从前艾伦先生为了安插他自己的侄儿，曾经把小比克赶出公司。他满怀怨怒又口渴难忍，一肚子的愤愤不平，讨厌他自己，也讨厌所有人。艾伦先生绝不会给他片刻安宁，往后的日子可就难过了。这回他做了个十足的傻瓜。你难道不能闭嘴吗？但是他们一开始就合不来。自从知道他在艾伦先生背后模仿他的土腔土调，来逗锡京斯及帕克小姐一笑，结果正好被他听到，大难就这样开始。他原本想跟锡京斯借钱，但他知道锡京斯身上绝没有一毛私房钱。要养两个家的锡京斯，当然没法……

他觉得他那副大块头又在渴望酒店的安慰了。浓雾开始有了寒意，他不知道他是否能够联络上奥尼尔店里的帕特。他顶多能够向他借个一先令，而一先令是无济于事的。不管怎么说，他一定得弄到钱，他身上的最后一便士已经花在那杯啤酒上了，再晚就别想借到钱了。突然间他的手摸到了怀表的链子，于是想起了舰队街那家利民当铺。天无绝人之路！

他快步走过圣殿酒吧所在的那条窄巷，自言自语地说，让人家去下地狱吧，他这晚可要好好乐一下。利民的管事人说两块大头（等于五先令），但是他要六先令，后来他果然拿到了六先令。他欢欢喜喜地走出了那家当铺，把那些铜钱叠在一起，用拇指与其他手指挟着。威斯特摩兰上的人行道这时候挤满了下班回家的青年男女，还有些穿破旧衣服的野孩子跑来跑去，叫卖晚报。这个人走过人群，带着欣然自得的神色，不经意地看着街景，又派头十足地瞧那些上班的女职员。他的脑袋里尽是电车的锣声及高架电线上的滑轮声，而他的鼻子已经嗅到了浓酒的撩人香味。他在往前走的时候，心里打着腹稿，怎样把这件事情讲给他的伙伴听：

“于是，我就那么瞪着他——冷冷地，当然喽，也瞧着她。然后我又回过头来瞧着他，不慌不忙，你们知道。‘我认为那不是该来问我的问题。’”我说。

洛赛·弗林正好坐在戴维·勃恩酒店他平常坐的角落。他听完了这个故事，就请法云登喝了半杯威士忌，说这是他平生听的最妙的事情。法云登也回请了他。过了一会儿，奥贺罗伦和帕迪·伦纳德走了进来，于是他又把这个故事向他们说了一遍。奥贺罗伦请每个人喝了一杯烈酒，就说起他在福尼斯街卡兰公司做事的时候怎么回顶上司；但是，由于他顶嘴的话是跟田园诗上那些放肆的牧羊人学来的，大不如法云登顶得漂亮。法云登一听这话，就向伙伴们提议干了这杯再来一杯。

就在他们商量要点什么酒的时候，天知道锡京斯走了进来。他当然要跟大家同乐了。他们都请他用他的话把这事说一下，结果他说得天花乱坠，因为眼前放了五小杯又浓又烈的威士忌，他不由得兴高采烈起来。在他表演艾伦先生怎么向法云登挥舞拳头的时候，每个人都大笑起来。接着他模仿法云登说“这就是咱的派头，请你领教领教”。这边法云登一边用他那对模糊的醉眼望着这伙人，一边微笑着，抽空儿又用他的下唇帮忙，把那些想从他胡子上溜出去的酒滴给吸回来。

那一巡酒过了，大家静了下来。奥贺罗伦身上有钱，其他人很显然都一无所有，所以这伙人就恋恋不舍地离开了酒店。在杜克街的转角处，锡京斯跟洛赛·弗林向左斜方走去，另外三个人转过身来往城里走。寒冷的大街上正下着毛毛雨。等他们走到港务局的时候，法云登提议去那家苏格兰酒店。这家酒吧里全是人，一片舌头与玻璃杯敲击出来的嘈杂声。这三个人经过那些在门口叫卖火柴的，走到柜台的一个角落围坐在一起，然后开始聊天儿。雷欧纳介绍他们认识一个小伙子，他名叫维特斯，在提沃利戏院表演特技，是个落魄的“艺人”。法云登请大家喝了一杯。维特斯说，他要一小杯爱尔兰威士忌加“苏打水”。法云登对这些事很在行，就问他的同伴是否也要来一份“苏打水”，但是他们都对提姆说要热的。谈话变得有了些戏院的味道。奥贺罗伦请了一杯，然后法云登又请了一杯，维特斯就抗议说，大家这么好客，实在太爱尔兰了。他答应带他们到后台去，介绍他们认识几个有意思的女孩。奥贺罗伦说他跟雷欧纳会去，可是法云登不会去，因为他是个有家室的男人，于是法云登拿醉眼睨视着这群人，意思是说，他心里明白他们在开他玩笑。维特斯掏腰包请他们又都喝了一小杯，就答应待会儿跟他们在甫拜街的木立根酒店碰头。

等这家苏格兰酒店打烊了，他们就赶到木立根去。他们走进后面的酒厅，奥贺罗伦就替大家点了小杯的威士忌甜酒，他们全都有点陶陶然了。法云登正要再请一杯的时候，维特斯回来了。他这回喝了一杯苦啤酒，使得法云登大感放心。钱愈来愈少了，但是还够大家喝的。不久有两个戴大帽子的青年女子跟一个穿格子西装的青年人走了进来，在旁边一张台子落座。维特斯跟他们打招呼，他告诉这伙人说，他们都是提沃利戏院的。法云登的眼睛时刻飘向其中一个青年女子，她的外貌有点楚楚动人。她的帽子上围着一条用孔雀蓝棉纱做的大围巾，而在下巴下打了一个大蝴蝶结。她又戴着一双一直到腕肘的鲜黄手套。法云登爱慕地看着那截十分优雅的摆动着的丰满手臂。不一会儿，她回报他的青睐，他就越发欣赏她那对黑棕色的大眼睛了。那对眼睛的斜视风情迷住了他，她瞧了他一两次，等他们这一伙要离开的时候，她轻轻擦过他的椅子，用一种伦敦腔调说："哦，对不起！"他看着她离开房间，还指望她会回过头来看他呢。但是他失望了，他怪自己身上没钱，又怪他请人家喝了那些酒，尤其怪他请维特斯喝那些威士忌加矿泉水。世界上他最恨的就是喝酒海量的人。他心里大大地不痛快，以至于朋友在说些什么都弄不清楚了。

等帕迪·伦纳德叫他的时候，他才发现他们正在谈比腕力的事情。维特斯当时把他的双头肌露出来给大家瞧，而且大吹大擂，以至于另外两位敦请法云登来维持民族尊严。法云登就依言把他的袖子卷起来，向大家炫耀他的双头肌。两个人的手臂经过大家的查看与比较，最后决定来一番较量。酒台被清了出来，这两个人把手肘搁在上面，一边紧紧握住对方的手掌。等到帕迪·伦纳德说"开始"，两个人都想把对方的手按到台面上去。法云登看起来很认真又有决心的样子。

大赛开始，大约过了三十五秒钟，维特斯把对手的手慢慢压到台面上。法云登败在这么一个毛孩子手上觉得又恼又羞。他那张酒红色的脸更加黑里带红了。

“你不该用身体的重量来压。比赛要公平。”他说。

“谁不守规矩？”对方说。

“再来一次。”三个人里面有两个好人说。

大赛又开始了，法云登前额上的静脉都暴露出来，维特斯的那张白脸变成了红脸。他们的手掌跟手臂都紧张得发抖，经过一番长久争斗，维特斯终于再度把对手的手缓缓压到台面上去。旁观的人发出一阵低低的喝彩声。当时站在台边的酒保，向得胜者猛点他那颗红脑袋，用粗俗的亲切话说：

“嗨！那才是功夫！”

“你懂得什么？”法云登愤愤地说，转过来向着这个人。

“你管什么闲事？”

“嘘，嘘！”奥贺罗伦说，他看见法云登脸上的表情不对了，“伙计们，咱们再喝那么一点就上路。”

一个脸色非常阴沉的男子站在奥康奈尔桥边，等着那班小电车来接他回家。他满怀难以忍受的愤怒与不平，他觉得受了羞辱，又觉得一肚子火，他甚至连醉意都没有了。他的口袋里只剩下了两便士，他痛恨一切。他在公司里弄得自己进退两难，当了他的表，花光了他的钱，结果连一醉方休都捞不到。他又觉得口渴起来了，他渴望再回到那间热气腾腾的酒店。他已经丧失了强人的资格，竟然两度败在一个小孩子手上，他一肚子的怒火。想到那个戴大帽子的女人从他身边擦过说“对不起”时，他的怒气几乎就使他窒息了。

他坐着那班电车在谢朋路下了车。他艰难地挪动自己那副大块头的身躯，沿着军营墙壁的阴影往前走。他讨厌回家。他由边门走进去的时候，发现厨房里没人，而炉火几乎熄了。他向着楼上大喊大叫：

“埃达，埃达！”

他妻子是个三角脸的小个子女人，她在丈夫清醒的时候欺负他，而等他喝醉的时候就被他欺负。他们有五个子女。有个小男孩从楼梯上跑下来。

“那是谁？”这个男子一边说，一边在黑暗里张望。

“是我，爸。”

“你是谁？查理吗？”

“不是，爸，是汤姆。”

“你母亲在哪里？”

“她到礼拜堂去了。”

“果然如此……她有没有替我留晚餐？”

“有，爸。我——”

“把灯点起来。干吗不上灯？他们都上床了？”

这人重重跌坐在一张椅子上，等那个小男孩点灯。他开始模仿他儿子那种平板的口音，半对着自己说：“上礼拜堂去了。上礼拜堂去了。”等灯点上了，他把拳头重重敲在台子上，叫道：

“我的晚餐呢？”

“我就去……去弄，爸。”那个小男孩说。

这个男子怒气冲天地跳了起来，指着炉火。

“用那种火吗？你让火熄了！老天哪，我再教你做一次吧！”

他走到门口，抓住了那支放在门后的拐杖。

“你让火熄了，我要教训你！”说着，他把袖子卷了起来，以便他的手臂可以自由挥舞。

这小男孩哭叫起来说“哦，爸”，然后就呜咽着绕着台子逃。但是这个男子追着他，一把抓住他的衣服。这个小男孩惊慌地四面张望，但是看到躲不过就跪了下来。

“记住，下次可别让火熄了，”说着，这个男子用那根棍子狠狠打他，“记住了，小崽子！”

棍子每在这个男孩大腿上抽一下，男孩就发出一声尖叫。他紧握起双手，高举在空中。他的声音因为恐惧而颤抖。

“哦，爸！”他叫着，“爸，别打我！我会……替你念一段‘圣母玛利亚’……我会替你念一段‘圣母玛利亚’，爸，只要你不打我……我会替你念‘圣母玛利亚’……”

泥土

CLAY

● ○

女舍监准了她的假，一等女工喝过茶点就让她走，于是玛丽亚就期待着天黑外出。厨房是晶亮的，厨师说，你可以拿那口大铜锅来当镜子。炉火烧得很旺，在一张靠墙的桌子上搁着四个很大的葡萄干面包卷。这些葡萄干面包卷看起来没切开，但是如果你走近点就会发现，它们都被切成了厚而均匀的面包片，等茶点的时候让大家分享。把它们切开的是玛丽亚。

玛丽亚的个子实在非常非常小，但是她有一个很长的鼻子和下巴。她说话的时候带一点鼻音，总是那么讨好人，“是，先生”以及“不是，夫人”。女工们为了洗澡的事情起争执时，她总是被请去调停，而她也一定能让双方和好。有一天那女舍监跟她说：

“玛丽亚，你真是个名副其实的和事佬！”

当时听到这句称赞的，还有助理女舍监跟两位女董事，而且金吉·慕妮总是向人说，要不是因为玛丽亚，她才不会与那个管熨斗的聋子就此罢休。大家都这么喜欢玛丽亚。

女工茶点时间是在六点，七点以前她就可以离开了。从鲍尔斯桥到皮拉是二十分钟，从皮拉到德鲁姆康德拉要二十分钟，另外花二十分钟买东西。她在八点以前可以到那里。她取出她那只有银扣环的皮包，再把“贝尔法斯特纪念品”这几个字念一遍。她非常爱这只皮包，这是乔在五年前给她买的，那时他和艾尔菲前往贝尔法斯特做一次“小周二”[1]旅行。这只皮包里有两枚

1　原文是Whit-Sunday，指复活节后的第七个星期四，纪念五旬节。紧接的星期一是传统假日。

硬币跟一些铜币。付了电车费以后，她剩下五先令。这个晚上，所有的孩子都唱歌，该多好玩啊！她只是希望，乔不会醉醺醺地来。他喝些酒就像变了个人。

他常常求她去跟他们同住，但是她会觉得自己碍手碍脚的（虽然乔的妻子对她总是那么亲切），何况她已经习惯了这家洗衣店里的生活。乔是个好人。她把他一手带大，也把艾尔菲一手带大，所以乔常爱说：

“妈妈就是妈妈，玛丽亚才是母亲。”

等到家里失和了，这两个孩子替她在“不夜城都柏林洗衣店”谋了那个工作，而她很喜欢。她以前对新教徒颇有恶感，但是她现在认为，他们都很好，虽然稍嫌文静严肃了些，但仍然是很好相处的人。后来她在暖房里种了一些植物，她喜欢去照顾它们。她喜爱那些羊齿及观叶植物，不管是谁来看她，她总要从她的暖房里拿出一两盆来送人。有一件事情她不喜欢，就是那些挂在墙上的传道小册子，但是那位女监督是个好相处的人，那么和气。

等到厨师告诉她说一切都好了，她就走进女工宿舍开始拉那个大铃。几分钟后，女工开始三三两两地走来，她们一边在裙子上擦着冒热气的双手，一边把衬衫袖子捋下来，遮住她们红红的冒着热气的双臂。她们坐下来，面前是一只只海口大的杯子，里面装满了由厨师和那聋子沏的热茶，茶已用大铁罐的牛奶跟糖调和好了。玛丽亚专管分配面包，让每个女工都拿到四片。在进食的时候，一片喧哗笑闹。利吉·弗莱明说玛丽亚今年一定会得到戒指，虽然这话弗莱明在好几个万圣节前夕就说过了。玛丽亚还是得大笑着说，她既不要什么戒指，也不要什么男人。而在她笑的时候，她灰绿色的眼里闪耀着既失望又羞怯的光彩，而她的鼻尖差不多快要碰到她的下巴了。然后金吉·慕妮就把她那只茶杯举了起来，祝玛丽亚身体健康，其他女工则拿起杯子来轻敲着桌子。慕妮说，很可惜没一杯啤酒来助助兴，于是玛丽亚又笑开了，直笑到她的鼻尖差不多快要碰到她的下巴，直笑到她那小小的身子快要散开了，因为她知道，慕妮是一番好意，当然了，她只有平常女人的见解。

等到女工都喝完了茶，厨师跟聋子开始来收拾的时候，那玛丽亚才乐呢！她踏进她那间小小的卧房，想起明天早上要望弥撒，就把闹钟的指针从七点拨回到六点。然后她脱去工作服及家常穿着的鞋子，再拿出她最好的裙子铺在床上，把那双小小的外出鞋摆在床角边。她也把那件上衣给换了，站在穿衣镜前面，想到还是少女的时候，星期日早上总要打扮了才去望弥撒。她带着一份莫名的爱惜望着自己那截小小的身段，那是她时刻都装扮了的。尽管岁月如梭，她眼前看到的这个小小身子，依然是那么漂亮干净。

等到她走出去，看到街道上雨水里闪着亮光，就庆幸带了她那件棕色旧雨衣。电车客满，她只好坐在车厢尽头的一张小凳子上，面对所有人，她的脚趾几乎碰不到地板。她在心里安排她要去做的几样事情，因而想到能够自立自主，而口袋里又有自己的钱真比什么都好。她但愿这个晚上过得愉快，她相信会的，可是想到艾尔菲跟乔彼此不讲话，她又禁不住感到唏嘘。他们如今总是话不投机，但他们在小时候是非常友爱的。可惜人生无常。

她在皮拉下了电车，就在人群中快步往前赶路。她走进唐尼斯蛋糕店，可是店里都是人，等了老半天才有人来招呼她。她买了一打什锦小蛋糕，终于提着大大的一个包走出了店门。她想接下来还要买些什么：她想买样真正好的东西。他们一定有了很多苹果和胡桃。到底该买什么，实在想不出来，她能够想到的就是蛋糕。她决定去买个葡萄蛋糕，但是唐尼斯的葡萄蛋糕上面加的杏仁糖衣很薄，于是她就前往亨利街的一家饼店。在这里她久久拿不定主意，柜台后面那个年轻漂亮的女孩显然对她有点不耐烦了，就问她是不是要买结婚蛋糕。玛丽亚听了满脸通红，只是向那个少女微笑；那个少女可是一脸的严霜，最后切了一大片葡萄蛋糕，把它包了起来，说：

"请付两先令四便士。"

在前往德鲁姆康德拉的电车上，她原来以为非站着不可了，因为没有一个青年男士留意到她，幸而有个年长的男士让位给她坐。他是个肥壮的男士，戴了一顶棕色硬帽。他有一张方形的红脸以及一嘴灰色的胡子。玛丽亚心想这位男士有上校的气派，她又想他比那些年轻人可有礼貌多了。他们只管瞧着正前方。这位男士开始跟她攀谈起来，谈万圣节前夕，谈多雨的天气。他猜想，那袋子里一定装满了给小孩子的好东西。又说小孩子在小的时候应该快快乐乐。玛丽亚同意他的话，就默默点头并且用嗯嗯的喉音来讨好他。他对她非常亲切，等到她在运河桥下车的时候，她谢了他并且鞠躬。他也向她鞠躬，并且脱帽为礼，一脸和气地微笑。她沿街坡走上去的时候，她那颗小小的头在雨水下面垂着，心想，要认识一位男士是多么容易，尽管他已经有了几分醉意。

她向乔的家走去时，每个人都说："玛丽亚来了！"乔在家，他已经下班了，所有的孩子都穿上了星期天的好衣服。那两个从隔壁来的大女孩正在玩游戏。玛丽亚把装了蛋糕的袋子交给最大的男孩艾非，要他分给大家，而唐奈莉太太说她带这么多蛋糕来实在太好了，并且叫所有的孩子说：

"玛丽亚，谢谢。"

不过玛丽亚说，她特地带来一样东西给爸爸妈妈，这东西他们一定会喜欢，于是她就开始找她买的那块葡萄蛋糕。她在唐尼斯蛋糕店的袋子里找，然后在她雨衣上的两个口袋里找，又找了进门处的衣帽架，就是找不到。然后她问所有的孩子，有谁把它给吃了——当然是错吃了——可是孩子们全说没有，而且一脸的委屈，好像是说他们可没那么喜欢吃蛋糕，犯不着被人说成是偷吃。对于这件怪事，每个人都有说法，唐奈莉太太说显然玛丽亚把它遗留在电车上了，玛丽亚回想起来，那个长灰胡子的男士竟使她心慌意乱到了这个程度，就心里发急，脸上发烧，懊恼得不得了。想到她这一点小小的心意没有实现，又想到她白白花了两先令四便士，她差点就要哭出来了。

但是乔说没关系，并且安顿她坐在炉火旁边。他对她非常亲切，他跟她说他办公室里的情形，把他顶撞经理的一句妙答说给她听。玛丽亚不明白乔为什么觉得他那句妙答有这么好笑，可是她说，那个经理必定是个难以相处的好摆架子的人。乔说，只要你知道怎么对待他，他可并不坏，又说只要顺着他的性子，他还是蛮好的。唐奈莉太太为小孩子们弹钢琴，他们又跳舞又唱歌。接着隔壁来的两个女孩把胡桃分送给大家。谁都找不到夹胡桃的钳子，乔几乎因此发起脾气来。他问道，没有那把钳子，叫玛丽亚怎么打开胡桃呢？但是玛丽亚说她不喜欢吃胡桃，请他们不必为她操心。然后乔问，她要不要来一瓶黑啤酒，而唐奈莉太太说，假如她喜欢喝葡萄酒，家里也有。玛丽亚说，最好不要为她张罗，可是乔坚持要喝。

于是玛丽亚就让他照他的意思去做。他们一起坐在火炉边谈着过去的事情。这时候玛丽亚想，她要找机会替艾尔菲讲句好话。但是乔大声地说，假如他跟他的兄弟再讲一句话，就让老天劈死他。玛丽亚说她很抱歉，不该提这事。唐奈莉太太告诉她丈夫说，他对自己的同胞手足讲这样的话实在是太过分了。可是乔说，艾尔菲不是他的兄弟。两人几乎为了这个话题而吵了起来。但是乔说，今晚是佳节，他可不愿意动肝火。他要他的太太再开一瓶黑啤酒，邻家的两个女孩安排了一些万圣节的游戏，大家马上又欢欢喜喜了。玛丽亚看到孩子们这么高兴，而乔跟他的太太又这么有兴致，觉得很快乐。邻家女孩在台子上放了些茶碟，然后把那几个蒙住眼睛的孩子带到台边。其中一个孩子摸到了祈祷书，另外三个孩子摸了一手水；等到一个邻家女孩摸到了戒指，唐奈莉太太就向那个满脸通红的女孩摇着手指说：“这下我全都知道了！”他们坚持要把玛丽亚的眼也蒙上，领着她走向台子，看她会摸到什么；就在他们替她蒙眼睛的时候，玛丽亚不停地笑，直到她的鼻尖快要碰到她的下巴。

他们在笑闹声中领着她走向那张台子，而她就照他们的吩咐把手伸到半空。她的手在半空中转来转去，最后在一个茶碟上，她的手指摸到了一种软软湿湿的东西。这时候没有人说话，也没有人摘去她的蒙眼布，她心里大感狐疑。

有那么几秒钟大家都没动静，然后是一阵的混乱与低语声。有个人说了句花园什么的，而后唐奈莉太太向隔壁的一个女孩不客气地说了句话，吩咐她把什么东西马上扔出去：这样玩不算数。玛丽亚心里明白，因为那一次有了差错，所以她得从头再来一次，而这一次她摸到了祈祷书。

玩乐结束后，唐奈莉太太为孩子们弹奏了《马克劳小姐的纺纱车》这支曲子，而乔劝玛丽亚喝了一杯葡萄酒，马上他们又全都快活起来了。唐奈莉太太说，玛丽亚今年恐怕会进修道院，因为她摸到了那本祈祷书。玛丽亚从没见过乔对她像今天晚上这么好，讲了这么多有趣的话，以及种种往事。她说，他们对她都太好了。

到了后来，孩子们都累了，想睡了，乔就问玛丽亚，在她回去以前她可愿意唱一支歌，唱一支老歌。唐奈莉太太说："玛丽亚，请唱！"于是玛丽亚只好站起来，走到钢琴旁边。唐奈莉太太吩咐孩子们安静，静静地听玛丽亚唱歌。然后她先弹了前奏，说："玛丽亚，请唱！"满脸通红的玛丽亚就开始用一种颤抖着的细小声音唱了起来。她唱《我梦想自己住在》这首歌唱到第二节的时候，她又唱道：

我梦到自己住在大理石的宫廷里
身边围绕着诸侯与仆从
而在济济一堂的众人之中
我是唯一的希望与荣耀
我的财富无法算计
我的家世辉煌无比
但是我最最梦想的
还是你爱我一如往日

但是谁也不想说她多唱了一遍。因为玛丽亚唱错了，她忘记了比较凄楚的第二段，而把第一段唱了两遍。第二段如下：

我梦到美男子齐来把我追求
骑士一个个拜倒我裙边
他们信誓旦旦令我心动
哪个少女能抵挡这诚意
我又梦到其中一位贵人
走向前来跟我求婚
但是我最最梦想的
还是你爱我一如往日

等她唱完了歌，乔感动得不得了。他说，别人怎么说他不管，他总觉得，时光是过去的好，而音乐是老的好。由于他的眼里已经热泪盈眶，所以不知道该把目光放在什么地方才好。最后他只好问他的妻子，开酒瓶的螺旋起子在哪里。

悲痛的往事

A PAINFUL CASE

● ○

詹姆斯·杜非先生住在查普利泽德，因为他希望住在尽可能离城远的地方，也因为他发现都柏林的其他郊区都鄙俗、时髦而虚伪。他住在一座冷清的旧房子里，从窗户可以看见那座废弃了的炼油厂，向上则可以看到那条流经都柏林的浅水河。他那间房没铺地毯，高高的墙壁上也没挂图画，房间里的每件家具都是他自己买的，包括一张黑色的铁床，铁的洗脸架，四把藤椅，一个挂衣架，一个壁龛，一道炉围，以及搁在一张四方台上的双人书桌。壁龛里搁了几块白木板就成了书架。床上铺着白色棉被，床脚铺着一块红黑色的毯子。有一面小小的镜子挂在洗脸台上。在白天的时候，炉架上有一盏白罩子的灯，那就是唯一的装饰品了。白木书架上的书，都按照大小厚薄往上排。在最底层一头有一本《华兹华斯全集》，而在最上层一头，有一本《麦努斯教义问答》缝在一本笔记本的封面里。书桌上常摆着书写文具。书桌里放了一本霍甫曼翻译的《迈克尔·科拉默》手稿，其中的舞台指导都用紫色墨水书写，还有一小沓纸张用一枚铜钉别在一起。在这些纸条上，不时会有随感散句写上去，而在一个讽刺性的片刻，一则“治胆药”的广告词竟也被抄在第一张纸上。把书桌的盖子掀起来，就有一股淡淡的香味逸出——这香味或者是那些新柏木铅笔发出来的，或者是一瓶胶水的，也可能是搁在那里的一个被遗忘了的熟透的苹果所散发的。

凡是显示出身心杂乱的东西，杜非先生都厌恶。一个中世纪的医生恐怕会说他是阴盛阳衰[1]。他的脸上满是岁月的痕迹，所以也染上了都柏林街道上的那种棕黄色调。在他那个又长又大的头上长着干枯乌黑的头发，而一把黄褐色的胡子并不足以掩住他那张不讨人喜欢的嘴巴。他的那张脸也因为两边的颧骨而显得严厉，可是他的目光并不严厉，他的眼睛在那对黄褐色的眉毛下面看着世界，他所流露出来的神色，让人觉得他这个人总是不死心，希望在他人身上看到慈悲的天性，然而往往又大失所望。他对自己也保持一个距离，用怀疑的目光来看自己的身心行动。他有一种自传作家的古怪习惯，所以他不时给自己一个简短的评语，其中的主语是第三人称，然而谓语动词用的是过去式。他在路上从不向乞丐施舍，只拿着一根坚硬的榛木棍稳稳地走路。

许多年来，他一直在巴哥街的一家私营银行里当出纳。他每天早上从查普利泽德搭电车上班。中午他到丹伯克餐厅吃午餐——喝一瓶淡啤酒，吃一小碟葛粉饼干。他在四点钟就下班了，在乔治街的一家馆子里吃晚餐。他觉得在这里见不到都柏林那些油头粉脸的少年，而且这里的价钱说得上公道实在。黄昏时分，他要么坐在房东的钢琴旁边弹琴，要么就在城市的郊外漫步。他喜欢莫扎特的音乐，所以有时候去看歌剧或听音乐演奏：这些是他生活里仅有的消遣了。

他没有什么朋友，不上教会也不信教。他过的是跟人不相往来的精神生活，只在圣诞节的时候探访亲人，而在他们死的时候护送他们到墓场。他是为了古老的传统尊严而尽这两种人情本分，如此而已。对于那些规范俗民生活的风俗习惯，他可一点也不让步。他有时候也会想，在某种情况下他会抢劫他所服务的银行。然而，由于这样的情况从未发生过，他的生活就始终平淡地过下去，毫无新鲜刺激的地方。

有天晚上，他在“圆厅”戏院碰巧坐在两位女士的身边。厅里观众稀少

1　原文是“satunine”，是说生来受土星（Saturn）支配，故而性情慵懒、冷漠而阴郁。

而且冷清，让人心里不安，觉得演出会失败。坐在他身边的那位女士向空荡荡的大厅环顾了一两次，然后说：

“今晚的场子真冷清得可怜！要他们对着空椅子唱歌该是多为难的事啊。”

他听了这话认为对方有意攀谈，没想到她落落大方，毫不在意。在他们谈着的时候，他就尽量去记住她的容貌。后来他听说她身边的那个少女是她的女儿，他就在心里算了一下，她比自己少一两岁。她的面孔应该说是漂亮的且不失聪慧。那张脸是椭圆形的，五官清秀。那对深蓝色的眼睛沉着安定，在凝视时那眼神里起先有一种目中无人的气势，但似乎又有心将瞳仁收敛到虹彩里去，冲淡了这种感觉，而在刹那间流露出一种善解人意的性情。那瞳仁很快地镇定下来，于是这乍然显露出来的天性，又受到清醒理性的约束，而她那件把丰满胸脯宛然呈现出来的皮外衣，则更加明白地显示出孤傲的味道。

几个星期以后，他又在别处的音乐演奏会上遇到了她，就趁她女儿不注意之时跟她进一步亲近起来。有一两次她提到她的丈夫，但听她说话的语气倒没什么警告的意思。她的名字是辛尼柯夫人。她夫家的先祖来自雷洪。她的丈夫是一艘往来于都柏林及荷兰之间的商船的船长，他们有一个孩子。

在第三次碰巧见到她的时候，他鼓起勇气跟她约会。她来了这儿以后就约会不断了：他们总是在黄昏时碰头，选择最僻静的地方，好一起散步。不过，杜非先生不喜欢那种偷偷摸摸的做法，觉得这样见面不太光明，就恳求她正式请他到她家里去做客。辛尼柯船长以为他来追求他的女儿，也欢迎他来访。他打从心底冷淡他的妻子，从来不跟她一起游乐，所以以为根本不会有什么人看上她。由于丈夫常常外出，而女儿又出去教钢琴，所以杜非先生就有很多机会跟这位女士相处了。他们以前都没有这样的经验，所以也都不觉得有什么不对的地方。他一点一点把自己的思想跟她的思想缠结在一起了。他念书给她听，把他的观念说给她听，跟她共享知识生活。她全都用心地听。

有时候为了回应他所说的那些，她就讲些自己生活里的事情。她用近乎母性的恳切，要他尽量放开他的心胸，她于是成了他的忏悔牧师。他告诉她说，他曾经参加了一个爱尔兰社会党的聚会，他协助十几个冷静的工人在点着暗淡油灯的阁楼里开会，自己觉得很有作为。后来这个党分成了三派，各有一个领袖也各有一个阁楼，他就不再参加了。他说，那些工人议论时过于胆怯，而对工资问题的兴趣，又太过分。他认为他们都是面目可憎的现实主义者，又以为他们感到不满的原是那为他们所不能企及的有钱阶级造成的结果。他告诉她说，在将来的几百年里，都柏林都不可能受到社会革命的打击。

她就问他为什么不把他的见地写出来，他就带着含蓄的轻蔑反问她，为什么要写？难道要跟那些不能定下心来做一分钟思考的舞文弄墨之辈一较长短吗？难道要暴露自己，让那些只相信警察懂道德而批评家懂艺术的中产阶级来批评自己吗？

他经常前往她那座位于都柏林郊外的小别墅，他们常常在那里共度黄昏。慢慢地随着他们思想的结合，他们谈到了一些比较切身的话题。她对他的友情仿佛是一片温暖的泥土，包围着一个外乡人。许多次她眼看夜色低垂，却不肯把灯点起。这时室内幽暗，正好让他们两人放心相处，而那仍然萦绕在他们耳际的音乐，把他们结合在一起。这种结合使他升华，抹去了他性格上那些粗糙的棱角，而使他的心智生命变得充实。有时他发现自己竟然在用心谛听自己所说的话。他想，在她眼中他恐怕已经升到了天使那么高的地位。而且，由于他越来越把他同伴热情的天性跟他自己的紧贴在一起，他就听到一种奇怪而不切实际的声音在强调说，灵魂的孤寂是无可奈何的。这个声音说：我们属于我们自己，所以我们不能把自己给别人。这些亲密的倾谈终于结束了，那是因为有天晚上辛尼柯夫人神色有异，显出非常兴奋的样子，竟然激动地抓起他的手往自己脸上贴。

杜非先生感到非常意外。她误解了他所说的话，这使得他觉醒了。有一个星期，他没有去拜访她；然后他写信给她，请她来见他。他不想让他们这最后一次谈话受到干扰，不想让他们那已经毁灭的忏悔式谈话影响他们，所以他们就在公园门口附近一家小蛋糕店里相会。深秋的天气寒意袭人，然而他们不以为意，在公园的道路上来来去去地逛了将近三个钟头。他们讲好中断他们之间的往来。他说，人与人之间的结合，最后都是不幸的。他们出了公园，默默走向电车。可是这时候她猛烈地哆嗦起来。他恐怕她又会失态，就跟她草草告别而离开了。离开以后，他收到一个邮包，里面是他送她的书跟乐谱。

四年过去了，杜非先生恢复了他那平静无波的生活。他的房间仍然处处有条不紊。楼下房间的谱架上多放了几份新乐谱，而他的书架上则插着两本尼采写的书：《查拉图斯特拉如是说》及《欢乐的科学》。他很少在书桌那沓便条纸上写字，其中有句话是他跟辛尼柯夫人分手以后过了两个月才写的，上面说：男人跟男人之间不可能有爱情，因为他们之间没有性交，而男人跟女人之间没有友情，因为一定会性交。他为了不再见到她，就再没去过音乐会。他的父亲过世了，那家银行的一位小股东退休了，而他照旧每天早上搭电车进城，每天黄昏在乔治街吃简单的晚餐，并阅读晚报当作点心，之后就步行回家。有天傍晚，他正要把一口碎牛肉煮包心菜放进嘴里去，却突然停了下来。他的眼睛专注在那份他靠水瓶斜放的晚报上的一则新闻。他把这口食物放回餐盘，用心来读这一段。然后他喝了一杯水，把餐盘推到一边，再把那张报纸对折了用双手拿在眼前，一遍又一遍地读那一段。包心菜渗出的冷却的白色油脂淌到餐盘上。女侍走过来问他，是不是他那份晚餐调理得不好。他说味道很好，就勉为其难地吃了几口，然后付了钱走出去。

他在十二月的薄暮里快步往前走。他那根坚硬的榛木杖有规律地敲着地面，而那份黄色《邮报》的一角从他那件厚前襟外套的一个口袋里露了出来。走到从公园门到查普利泽德的僻静路上，他放缓了步子。他的手杖不那么重重地敲在地上了，而他那不规律地呼出来的气息几乎带了一种叹息声，凝结在冬天的空气里。他一到家就立刻上楼走进卧室，从口袋里抽出那张报纸，借着窗户照进来的渐弱光线读那段新闻。他并不把它大声念出来，只是嚅动着嘴唇，就像一位牧师在念“默祷文”那样。这段新闻如下：

一位女士在雪梨阅兵场遭遇
一件可悲的命案

今天，执行验尸官（代理雷弗瑞特先生）在都柏林市医院对埃米莉·辛尼柯夫人的尸体进行调查。这位女士年仅四十三岁，昨天晚上在雪梨阅兵场遇难。证据显示，这位已故的女士在当时想要跨越铁道，而被来自金斯顿的一趟慢车的车头撞倒，以至于头部及身体右侧伤势过重而死。

该辆列车的驾驶员詹姆斯·雷农说，他受雇于这家铁路公司已经十五年了。他听到列车员吹了哨子就开动火车，过了一两秒钟以后，因为又听到大声呼叫而把车子停了下来。这列列车当时在缓慢前进。

铁路局的搬运工都恩说，在这列列车快要开动的时候，他看见一个女子想要跨越铁道。他向她跑过去并且呼叫，但是没等跑到她身边，她就已经碰上火车头的缓冲板，之后倒在地上。

一位陪审员问：“你亲眼看到这位女士倒下了吗？”

见证人答：“是。”

警官克罗里声称，在他到的时候，死者躺在站台上，显然已经身亡。他叫人把尸体抬到候车室，等待救护车到来。

57E 号警员证实了他所说的。

都柏林市立医院的助理外科医生郝尔赛医生说，死者有两根下肋骨挫伤，而右肩受到严重碰撞。头部右侧在倒下时受伤。对一个正常人来说，这些伤害都不足以造成死亡。以他之见，死亡很可能是由于脑震荡及突发性心脏功能停止。

代表该铁路公司的帕特森·芬莱先生对这件意外事故深表遗憾。该公司一向采取各种措施阻止行人跨越车道，要他们只走天桥。他们一方面在每个车站张贴了布告，另一方面在交叉路口使用专利设计的弹簧门。死者惯于在夜间跨越站台及站台之间的铁道。有鉴于此案的其他状况，他不认为铁路当局有责任。

住在雪梨阅兵场雷奥威尔的辛尼柯船长，即死者的丈夫，也提出证据，他说死者是他的妻子。在事故发生的当时，他不在都柏林，直到早上才从鹿特丹赶回来。他们结婚二十二年了，始终生活幸福，直到大约两年以前，他的妻子才有了酗酒的习惯。

玛丽·辛尼柯小姐说，她已故的母亲惯于在夜间外出买烈酒。她，这位见证人，常劝说她的母亲，并且曾引导她加入一个戒酒会。她当时不在家，直到事故发生后一小时才回来。

陪审团根据医学证据做了以下的判决，免除雷农任何罪责。

执行验尸官说，这是一件最可悲的命案。并且对辛尼柯船长跟他的女儿表示极大的同情。他敦促该铁路公司采取有力措施，以阻止未来发生类似事故。有关各方都没有任何罪责。

杜非先生从报纸上抬起头来，凝视着窗外阴暗冷清的黄昏。那条河静静躺在那座空炼油厂旁边，不时有一盏灯在卢堪路上的那家屋子里亮起来。这样一整个对于她死亡的报道使他感到十分不快。他一想到居然曾把他认为是神圣的事情讲给她听，就感到很不舒服。报上那些陈腔滥调，那几句表示同情的空洞措辞，以及一个失去良知的记者所说的那些谨慎的话，掩饰了一个平凡庸俗的死亡实情，这令他感到恶心。她不仅仅贬抑了她自己，也贬抑了他。他看见了她的罪行留下的肮脏痕迹是那么卑贱而恶劣，这竟是他的知音！他想到那些蹒跚而行的可怜人，他曾经见到这些人提着罐头与瓶子到酒保那里去买酒。公义的神哪，这是一个怎样的下场，她显然没资格活下去，没有任何理由支持她。她是一个容易受习惯摆布的人，成为人类文明培育起来的可怜人之一。真想不到她会沦落到这个地步！他竟然为了她而一度欺骗自己到那种程度！他还记得，她在那个晚上那种情不自禁的样子，于是用更加严厉而不宽容的眼光来看这件事。他如今可以毫不难过地赞同他当时采取的行动。

光线渐渐暗淡下去，他的记忆也开始变得模糊。这时候他觉得她的手在抚摩他的手。他起先只觉得胃里不舒服，现在他全身都难过起来。他马上穿起外套，戴上帽子走了出去。寒冷的空气在门槛那儿迎面冲来，直吹进大衣的袖子里。他来到查普利泽德桥旁边的那家酒店，走进去叫了一杯烈甜酒。

酒店主人很恭敬地伺候他，但是不敢贸然跟他交谈。店里面有五六个工人，谈论基尔代尔郡一位绅士的产业的价值。他们一边用大杯喝酒，一边抽烟，常把痰吐在地板上，有时候用他们脚上穿的笨重靴子拖着那些木屑来掩盖他们吐下的痰。杜非先生坐在凳子上凝视着他们，却对他们视而不见，听而不闻。过了一会儿他们走了，他又叫了一杯酒。他久久对酒而坐。酒店里十分安静，店主人趴在柜台上，读着《先锋报》又打着哈欠。偶尔可以听到一班电车在外面冷清的街道上呼啸而过。

他坐在那里，回味他跟她过去的那段生活，而在他想着她的时候，她的两个形象交替出现。他这才明白她已经死了，她已经不再存在了，她已经成了一个回忆。他这才感到有点不自在了，他反问自己，除此而外他又能够怎么办呢？他不能够跟她演一出自欺欺人的轻松滑稽剧，他不能跟她公开住在一起。他所做的在他看来是最好的，难道他应该受责备吗？如今她已经走了，他才了解到她的一生是多么孤寂，一夜又一夜独自坐在那间房间里。他的生命也会是孤寂的，除非他也死了，不再存在了，变成一个记忆——假如还有什么人会纪念他。

他离开那家酒店的时候已经过了十点。夜晚寒冷而阴沉。他由第一道园门进入公园，在那些光秃秃的树下漫步。他走过他们四年前走过的那些荒凉小巷子。在黑暗中，她似乎就在他身边。他有时候仿佛感觉到她的声音在他的耳边，而她的手摸着他的手。他站定细听，他为什么不给她留条命呢？他又为什么把她判了死刑？他觉得他的道德观彻底崩塌了。

他走到家辛小山顶上就停了下来，目光跟着那条河往都柏林望过去，城里的万家灯火在寒夜里闪耀，那么暖和又那么热烈。他从山坡往下望，望到山麓，他看到有几个人影躺在公园墙壁的阴影下。这些偷偷摸摸的买卖爱情使他内心感到绝望。他咀嚼着他一生为人正直的滋味，他觉得已经无缘于生命的欢乐。有一个人似乎爱上了他，而他却不给她生命与幸福：他把她判决了，羞辱了她，使她屈辱地死去。他知道，躺在下面墙边的那些人都望着他，巴不得他走开。没有一个人需要他，他已经无缘于生命的欢乐。他转过头来看那条闪耀着黑色光芒的河流蜿蜒地流向都柏林。

在河流流过的地方，他看见有一列货车，蜿蜒地开出了金斯桥车站，就像一条有可怕脑袋的毛虫在黑暗里曲折经过，那么固执又那么辛苦。它缓慢驶出了视线，但是他仍然听到那火车头发出的隆隆声，反复在说着她的名字。

他转过来往回走去。那火车头的节奏声在他的耳朵里回响。他开始怀疑记忆所告诉他的真相了。他在一棵树下站住了，让那种有节奏的声音消失。他不再感觉到黑暗中有她在他身边，也不再感觉到她的声音响在他的耳畔。他静静听了几分钟，他什么都听不到：夜已经完全沉静了。他再去听：全然的静默。他觉得他完全孤单了。

纪念日

IVY DAY IN THE COMMITTEE ROOM

● ○

老杰克拿一张卡纸把那些煤层收在一起，再小心翼翼地把它们撒在那个由煤块搭起来的白热圆顶上。等到这个圆顶被薄薄地铺上了一层，他的脸孔就落在黑暗里了，可是等他又开始扇火的时候，他那哈着腰的黑影子就爬到了对面墙上，而他的脸上慢慢又显出了光明。那是一张老人的脸，瘦削且胡子拉碴。那对潮湿的蓝眼睛望着火眨巴着，而那潮湿的嘴时时张开来，到闭起来的时候会不自觉地咀嚼一两次。等到那些煤层燃着了，他就把那块卡纸靠在墙上，叹一口气，说：

“奥康诺先生，这就好多了。”

奥康诺先生是一个有一头灰头发的青年人，他的脸因为有许多疱而显得不是那么美观。他刚把烟草塞进了一个圆筒里，听老杰克说了几句话后，又若有所思地把他的作品解开了。然后他又若有所思地把烟草再卷起来。在片刻思索以后，才决定把烟卷纸舔湿。

“提尔尼先生有没有说他什么时候回来？”他用一种粗哑的假声问。

“他没说。”

奥康诺先生把烟放进嘴里，又开始在几个口袋里搜索，他拿出了一沓薄薄的名片卡。

“我给你拿火柴。”这个老人说。

“不必了，这就行。”奥康诺先生说。

他从那些卡片里选了一张，读了读上面所印的字：

市长选举

皇家交易所选举区

皇家交易所选举区即将来临的选举，恳切请求您的神圣一票及支持。

贫民法律监护人理查德·提尔尼

奥康诺先生已经受提尔尼先生的代理人之托在这区进行一部分助选，可是，由于气候严寒而他的靴子又都进了水，所以那天他大部分时间都跟老门房杰克坐在威克劳街的那间委员室里烤火。自从短暂的白昼黑了以后，他们就这样坐着。那一天是十月六日，户外寒冷无比。

奥康诺先生从那张卡片上撕下一条，点着了他的烟。他这样做的时候，火焰也把他外套领子上别着的一枝深绿色的常春藤叶子给照亮了[1]。这个老人关切地望着他，然后又把那片硬纸板给捡起来，在他同伴吸烟的时候开始慢慢地扇着火。

“我说呢，”他继续说下去，“实在不知道该怎样来教养孩子。谁能想到他会变成那样呢！我把他送到基督徒兄弟会学校去，而且为他做了我所能做的一切，结果他喝酒度日。我本来是想尽法子要让他过体面些的生活。”

他倦怠地把那张卡纸搁回去。

“只是我现在老了，我改变了对待他的办法。趁我还有力气的时候，我要拿起棍子来抽打他——这我已经做过许多次了。你知道，是他妈教给他这些虚空不实的念头。而且……”

“小孩子就是这样毁了的。”奥康诺先生说。

“真是一点不错，”这个老人说，“不但恩将仇报，并且厚颜无耻，只要见我吃晚饭，他就会乘机跟我顶嘴。儿子都跟老子这样说话，这世界还得了吗？”

1　见后附的题解。

“他多大了？”奥康诺先生问。

“十九岁。”这个老人说。

“你为什么不让他去干活呢？”

“怎么没有，这小酒鬼离开学校以来我哪里少操过心？我说啊，‘我不会养你的。’‘你一定得自己找个工作。’但是，老实说，他找了工作情形反而更坏，他把工作全喝光了。”

奥康诺先生同情地摇摇头，这老人就沉默起来，凝视着那堆火。有人打开这间房的门，大声地叫道：

“唉！这难道是共济会？”

“那是谁呀？”这个老人说。

“你们黑咕隆咚地在干什么？”一个声音问。

“海因斯，是你吗？”奥康诺先生问。

“不错，你们坐在黑暗里干吗？”海因斯先生一边说，一边往前走到火堆的亮处。他是个又高又瘦的青年人，嘴上留了一抹棕色的胡子。他的帽檐上滴着雨水，而他的外套领子是翻起来的。

“嘿，麦特，”他向奥康诺先生说，“情形怎么样？”

奥康诺先生摇摇头。这个老人离开炉子，在房间里到处摸索了一阵后拿了两个烛台回来，他把它们一个接一个伸入火里，然后拿到台子上。一间空荡荡的房间就显现出来了，而炉火也失去了原先那种欢乐的色彩。这房间的四堵墙上都空空的，只贴了一张选举地址的副本。房间中央有一张小台子，上面堆着些文件。

海因斯先生靠在炉架上问道：

“他还没付你钱吗？”

“还没，”奥康诺先生说，“看在老天的分儿上，希望他不会让我们今晚流落街头。”海因斯先生大笑起来。

“噢，他会付钱给你的，别担心。”他说。

“如果他是就事论事的，我希望他对这事多留点意。”奥康诺先生说。

“杰克，你以为呢？”海因斯先生带着讽刺的口吻问那个老人。

这个老人又回到他火炉旁边的位置说：

“不会的，反正他有钱，不像另外那个混混儿。”

“另外那个混混儿是谁啊？”海因斯问。

“柯尔根啊。”这个老人以不屑的语气说。

“是不是因为柯尔根是工人你才这么说？一个诚实的水泥工人跟一个共和党员到底差在哪儿——嗯？工人不也跟别人一样有权利可以担任公职——啊？比那些假绅士更有权利，他们碰到有头有脸的人就矮一大截。麦特，是不是这样？”海因斯先生向奥康诺先生说。

“我想你说得不错。”奥康诺先生说。

“一个人不游手好闲就算是个诚实人了。他代表劳工阶层。你替之做事的这个家伙，不过是想混个一官半职罢了。”

“当然了，应该有人替劳工说话。”这个老人说。

“工人到处碰壁，”海因斯说，“一毛钱也赚不到。但是真正生产的是劳工。工人并不找肥缺给他的儿子、侄儿和表兄弟。工人不会为了讨好一个日耳曼血统的王朝而把都柏林的荣誉给拖到水沟里去。”

“怎么说呢？”这个老人问。

“难道你不知道假如爱德华·雷克斯明年到这里来，他们要向他献上一篇欢迎词吗？我们为什么要向一个外来的君王磕头？”

“我们这一位不会投票赞成致献辞，”奥康诺先生说，“他是以民族主义者的名义竞选的。”

“他不会吗？”海因斯说，“他到底会不会你等着瞧吧。我知道他的为人，人家不是说他是‘大滑头提尔尼’吗？”

“老实说吧，乔，说不定你说对了，”奥康诺先生说，“不管怎么样，我希望他最后能拿出钱来。”

三个人都不说话了，这个老人开始把更多的煤层收拢起来。海因斯先生脱下他的帽子摇一摇，然后又把他的外套领子翻了下来，在他这样做的时候，领子上别的一枚常春藤叶子显了出来。

“假如这个人还活着，”他指着那片叶子说，“我们就不必说什么欢迎致辞了。”

“那倒是真的。”奥康诺先生说。

“哎呀，愿神常跟他们同在！”这个老人说，“那时候大家还真有干劲。”

房间里又沉默下来。接着有一个流着鼻涕、耳朵被冻红了的小个子慌慌张张地推门进来。他疾步走向火炉，不停地摩擦着双手，仿佛想要把它们擦出火星来。

“伙计们，没钱。”他说。

“韩吉先生请这里坐。”那个老人说，一边让位子给他。

“噢，杰克，你别动，你别动。”韩吉先生说。

他淡淡地跟海因斯先生点个头，就坐在那个老人让出来的那张椅子上了。“你到昂吉街去过了没？”他问奥康诺先生。

“去过了。”奥康诺先生说，同时开始在他的口袋里寻找笔记本。

“你去拜访过格林姆家吗？”

“去过了。”

“怎么样？他的立场如何？”

“他不肯明讲，”他说，“我是不会告诉谁我到底要怎么投票，可是我想他一定没问题。”

“为什么呢？”

“他问我提名的人是哪些，我告诉了他。我提到勃克神父的名字，我想那一定没问题。”

韩吉先生开始哼起来，并且以极快的速度在火炉上猛擦他的双手。然后他说：

"杰克，看在神的大爱上，给我们拿些煤来。一定还有些剩下的吧。"这个老人走出了房间。

"情形不好。"说着，韩吉先生摇了摇头，"我问过那个小混混儿，但是他说：'噢，韩吉先生，只要事情进行顺利，我不会忘记你，你大可放心。'这个小气的混混儿，哈，他除了是混混儿还能是别的吗？"

"麦特，我刚才怎么跟你说的？"海因斯说，"大滑头提尔尼。"

"噢，他确实如他们所说的那么滑头，"韩吉先生说，"你看他长一对鼠眼，那不是白长的。没良心的人！他不能像个大丈夫那样拿出钱来，反而说些什么'噢，韩吉先生，我一定跟范宁先生说……我已经花了不少钱了'。天杀的吝啬小混混儿，我想他忘了他那个小老头子在玛丽巷开旧衣铺的日子了吧？"

"那是真的吗？"奥康诺先生问。

"老天，当然是真的，"韩吉先生说，"你难道没听说过吗？大家常在星期天早上商店没开门的时候去那儿买背心或裤子——嚇！可是滑头提尔尼的小老头儿总在一个角落里藏着一只偷偷摸摸卖的小酒瓶。你现在明白了吧？事实就是那样。那就是他出娘胎的地方。"

那个老人拿了几块煤回来安放在炉火上。

"那这就麻烦了，"奥康诺先生说，"假如他不肯拿出钱来，怎能指望我们替他办事呢？"

"我实在不能不说，"韩吉先生说，"恐怕那些讨债鬼已经等在我家里了。"

海因斯先生大笑起来，他挪动肩膀离开炉台，准备要走。

"等金艾地来了事情就没问题了，"他说，"伙计们，我离开一下。回头见。拜拜。"

他慢慢走出了这房间，韩吉先生跟那个老人都没说什么，然而就在大门要关上之时，起先一直怅然地凝视着炉火的奥康诺先生突然大声说：

"乔，拜。"

韩吉先生等了一会儿，然后向着大门的方向点点头。

“告诉我，”他隔着炉火说，“是什么风把我的朋友吹到这里来的？他到底要什么？”

“嗨，可怜的乔，”说着，奥康诺先生把他的香烟头扔到火里去，“他跟我们一样日子很难过啊。”

韩吉先生起劲地哼着，大口大口吐痰，所以几乎把火弄熄了，炉火发出一种嗞嗞声来抗议。

“我把我心底里的话老实告诉你们吧，”他说，“我想他是那方面的人。你若要问我呢，他可就是柯尔根的间谍，你随便去走走，看看他们的情形怎么样了。他们不会怀疑你的。这你懂吗？”

“啊，可怜的乔是个正派人。”奥康诺先生说。

“他父亲是个正派、体面的人，”韩吉先生承认说，“可怜的老拉里·海因斯！他在世的时候待人可真不错！但是我真怕我们这位朋友成事不足。说老实话，人的日子不好过我能谅解，但是不能谅解一个骗吃骗喝的家伙。他难道不能有一点大丈夫气概吗？”

“他来的时候，我可没给他什么好脸色看，”这个老人说，“他尽管给他那边干活，可别到我们这里来刺探什么。”

“我看这很难说。”奥康诺先生将信将疑地说。这时候他拿出卷烟纸及烟草来。“我想乔·海因斯是个正人君子，他文笔也不错。你还记得他写的那篇……”

“你要问我呀，我想有些山里人跟芬尼安会员[1]实在太狡猾了。”韩吉先生说，“你可知道，对这些玩把戏的小人，我心底里的老实话是什么吗？我相信他们中间有一半都拿了英国人的钱。”

“这我倒不知道。”这个老人说。

---

1 指一个协助革命运动组织的成员，旨在推翻爱尔兰境内的英国政府。

“噢，但是我知道这是事实，”韩吉先生说，“他们都是英国人的狗腿子……我不是说海因斯。不是，老实说，我想他比那还高出一筹……但其中有一个长着鸡眼的小个子贵族[1]——你知道我所说的那个爱国志士吧？”

奥康诺先生点点头。

“信不信由你，他可是希尔少校的后代，出生于都柏林古堡，继其父职出任都柏林警察局局长。噢，满腔爱国志士的热血！就是这家伙现在把他的国家卖了四便士——唉——然后虔诚地跪了下来，感谢全能的基督，他有个国家可以出卖。”

这时候有人在敲门。

“进来！”韩吉先生说。

有个像蹩脚牧师又像蹩脚演员的人出现在门口。他的一身黑衣服紧紧裹在他那短小的身材上，他把那件旧外套上的领子翻起来盖住他的脖子，看不出那是神父法衣的领子还是普通人的衣领，那上面几颗露出来的扣子反射着烛光。他戴了一顶黑色圆形硬边绒帽。他那张脸上因挂着水珠而闪闪发亮，看起来就像是潮湿的黄奶酪，只有两块玫瑰色的斑点显示出颧骨所在。他突然把他那张大嘴张开来表示失望，同时又把他那双很亮的眼睛睁得大大的表示惊喜。

“噢，吉昂神父！”说着，韩吉先生从他的椅子里跳了起来，“是你吗？请进！”“噢，不，不，不！”吉昂神父一边迅速地说，一边噘起他的嘴唇来，仿佛是跟一个孩子讲话。

“你不进来坐坐吗？”

“不，不，不！”吉昂神父用一种稍带溺爱的柔声柔气说，“别让我现在来打扰你们。我只是来找范宁先生……”

1　维多利亚女王及爱德华七世颁发了许多武士衔给都柏林政客及专业人士，打趣的人说20世纪的都柏林是“可怕武士之都”。

“他大概在‘黑鹰’（一家酒店）那里，”韩吉先生说，“可是你不进来坐一会儿吗？”

“不，不，谢了。只是一件业务上的小事情，”吉昂神父说，“谢了，谢了。”

他从门口退出去，韩吉先生拿起一个烛台，走到门口照着他下楼。

“噢，别麻烦了，请回吧！”

“不行，楼梯太暗了。”

“不必，我看得见……谢了，谢了。”

“现在可以了吗？”

“够可以了，多谢……多谢。”

韩吉先生拿着那个烛台回来，把它搁在台子上。他又在火炉边坐下，大家沉默了片刻。

“约翰，请告诉我。”奥康诺先生一边说着，一边又撕下一条名片点起了他的烟。

“嗯？”

“他到底怎么样？”

“这个问题太难回答了。”韩吉先生说。

“我觉得范宁跟他很亲近，他们常一起在卡凡那餐厅吃饭，他到底是不是神父呢？”

“是吧，我相信是的……我想他就是你们所说的黑羊。感谢神，像他们这样的人不多，但总有那么几个……他也多少是个不得志的人……”

“那么他是靠什么来生活的呢？”奥康诺先生问。

“那又是个大难题了。”

“他是否属于那个礼拜堂或教会或机构或——”

“都不是，”韩吉先生说，“我想他是独自到处旅行的……神宽赦我，”他又补充说，“我还以为他就是我等着的那一打啤酒呢。”

“我们有没有办法弄一点喝的？”奥康诺先生问。

“我也很渴。”那个老人说。

“我曾经三次问那个小混混儿，”韩吉先生说，“请他送一打啤酒来。我刚才又问了他一次，但是他外套也没穿，靠在柜台上跟艾德曼·科利聊得正起劲。”

“那你为什么不提醒他呢？”奥康诺先生说。

“那是因为他在跟艾德曼·科利说话，我不便打岔。我只好等着，等到他注意到我的时候才说，‘关于我跟你提到过的那件小事情……’‘韩先生，那没问题。’他说。可恶，这个小气鬼准把这事给忘了。”

“那地方准有什么花样，”奥康诺先生若有所思地说，“我昨天看见他们三个人在萨福克街转角上谈得正起劲儿。”

“我想我知道他们在玩什么把戏，”韩吉先生说，“这年头假如你想当市长大人，你就得欠市议员老爷们的钱。他们这才让你当市长大人。老天有眼！我自己也在认真地想要当一当市长呢。你以为如何？我够格吗？”

奥康诺先生大笑起来。

“就拿欠人钱来说嘛……”

“坐着马车从市长公馆出来，”韩吉先生说，“一身貂皮官袍，后面跟着我们这位老杰克，头上戴一顶扑了粉的假发——你看如何？”

“约翰，那就请我做你的机要秘书吧。”

“可以。而且我要请吉昂神父做我的私人教师。那我们可就是一家人了。”

“老实话，韩吉先生，”这个老人说，“你的派头一定比他们还好。”

有一天，我跟那个老搬运夫纪甘聊天儿：“巴特，你可喜欢你的新老板？你现在没什么好玩的了。‘好玩什么啊！’他说，‘我只要闻闻抹布上的油腥味就能过日子。’你可知道他跟我怎么说吗？当然，我敢向神说，我不相信他说的话。”

“什么话呢？”韩吉先生跟奥康诺先生说。

他告诉我说：“都柏林的市长差人出去买一磅猪肉来当晚餐，你以为怎么样？这就算是高级生活吗？”

“哎呀，哎呀！我说。

“二磅猪肉。他说。

“进了市长公馆，哎呀！我说，这年头大家是怎么过日子的？”

在这时候，有人敲门，有个男孩把头探了进来。

“什么事？”那个老人说。

“从‘黑鹰’来的。”说着，那个少年走进来，把一个篮子搁在地板上，里面有瓶子碰撞的声音。这个老人帮着少年把那些瓶子从篮子里拿到台子上，并且数了数。放好以后，这个男孩挽起他的篮子问：

“有瓶子吗？”

“什么瓶子？”这个老人问。

“难道你不让我们先喝了？”韩吉先生说。

“老板告诉我要收瓶子。”

“明儿再来。”这个老人说。

“小弟，过来！”韩吉先生说，“麻烦你到奥法雷尔那里去一趟，请他借给我们一个开瓶器——就说是借给韩吉先生的。跟他说，只用一分钟。你把篮子留在这里。”

这个小弟走了出去，韩吉先生开始喜滋滋地叉着他的双手问：

“啊哈，他毕竟还不算太坏。他到底还守信用。”

“可是没酒杯啊。”老人说。

“噢，杰克，这不打紧，”韩吉先生说，“连瓶喝下就行了。”

“反正呢，这总比没有好。”奥康诺先生说。

“说起来，他还真不坏。”韩吉先生说，“只是因为范宁欠了他太多的钱。他心地不坏，你知道，虽然总是七折八扣的。”

那个少年拿着开瓶器回来了，那老人开了三瓶，正要把开瓶器还给那个小弟，韩吉先生就问他说：

“小弟，你也喝一口怎么样？”

“先生，多谢你。”这个男孩说。

那个老人又不舍地开了另外一瓶，把它递给了这个少年。

“你多大年纪了？”他问。

“十七岁。”这个少年说。

这个老人就不再说什么，那个少年接过瓶子，向着韩吉先生说：“先生，祝你发大财！”说完，他一口把瓶里的酒喝干，把瓶子放回到台子上，用他的袖子擦擦他的嘴，然后他拿起开瓶器，侧着身子走出了门，嘴里说着讨好的话。

“凡事都是这样开始的。”那个老人说。

“俗话说，学坏容易啊。”韩吉先生说。

这个老人把他打开的三瓶分配了，大家就不约而同地喝了起来。喝了以后，每个人都把瓶子放在壁炉架子上离手不远的地方，并且都满足地舒了一口长气。

“今天总算是功德圆满了。”过了一会儿，韩吉先生说。

“约翰，真的吗？”

“真的。我今天跟科罗夫登在道森街做了一两件有把握的事情，这话你们不要跟别人说，你们知道，科罗夫登根本就不配做助选员。他对狗都不会说一句话。他今天尽站在那里看人，说话的是我。”

这时有两个人进了房间，其中一个很胖，他穿的那身蓝哔叽衣服看起来险些就要从他的滚圆身材上掉下来。他有一张大脸，表情就像一头小公牛，一双蓝眼睛瞪着我们，还有一抹淡灰色的胡子。另外那个人，年轻得多也瘦弱得多，脸庞清爽干净。他穿了一件很高的双领大衣，戴一顶宽边帽。

“嗨，科罗夫登！”韩吉先生向那个胖子说，“说到鬼……”

“这酒是从哪儿来的？”那个年轻人说，“在庆祝什么吗？”

“噢，里昂斯第一眼看到的当然就是酒啦！”奥康诺先生边说边笑。

“你们这些人助选就是这个德行啊，”里昂斯先生说，“只有科罗夫登跟我在外面顶着冷风冷雨拉票？”

“哼，去你的，”韩吉先生说，“我花五分钟拉到的票，比你们俩一星期拉到的还多。”

“杰克，开两瓶啤酒。”奥康诺先生说。

“怎么个开法？”这个老人说，“没开瓶器啊。”

“慢着，慢着！”韩吉先生很快站起身来说，“难道你没见过这种小把戏？”他从台子上拿来了两瓶酒，把它们凑到火边去，放在壁炉里面的一个搁架上，然后又坐到火炉边，拿起他的那瓶酒喝了一口。里昂斯先生坐在台子旁边，把他的帽子往后推到后脑勺，就开始摇晃起他的双脚来。

“哪一瓶是我的？”他问。

“小子，这瓶。”韩吉先生说。

科罗夫登先生坐在一个盒子上，两眼定定地瞪着壁炉搁架上另外那瓶酒，他有两个理由不说话：第一个理由是，他根本就没话说，这就够充分了；第二个理由是，他认为这些人全都不如他。他本来是替保守党员威尔京斯助选的，但是，等到保守党撤退了，在两难之间选择比较不难的，转而去支持民族主义者的候选人，他也就被拉去给提尔尼先生工作了。

过了几分钟，里昂斯先生那瓶酒上的软木塞飞了起来，发出有抱歉意味的“噗”的一声。里昂斯先生马上站了起来走向火炉，拿了他那瓶酒，带回到台子边。

“科罗夫登，我刚才跟他们说韩吉先生说我们今天拉了不少票。”

“你拉到了谁的？”里昂斯先生问。

“首先我拉到了巴尔克斯家的，其次拉到了艾特金生家的，还拉到了道森街华德家的。他也是个老好人！规规矩矩的老绅士，老保守派，‘可是你们的候选人是一个民族主义者吗？’他说。‘他是个值得敬重的人。’我说，‘凡是对本国有利的事情他都赞成。他是大纳税人，在城里有庞大的房地产，开了三家公司，降低税率岂不对他自己大有好处吗？他是位有地位而且受人敬重的公民，也是一位贫民法监护人，而且他无党无派，不管是好的坏的还是不好不坏的。’就这样把他们给说动了。”

“那么给国王的致献辞又怎么样呢？”里昂斯先生喝了一口酒咂着他的嘴唇说。

“你听我说，”韩吉先生说，“我跟那个老华德说过，我们这个国家所需要的是资本，国王驾临此地，就表示有大量的钱会流入这个国家。都柏林的市民可就沾光了。你看港口那里那些倒闭的工厂都停工了！只要我们那些磨坊、船坞及工厂能动工，你看这个地方可以赚到多少钱。我们所需要的是资本。”

“约翰，可是话说回来，”奥康诺先生说，“我们为什么要欢迎英国国王呢？难道帕内尔自己……”

“帕内尔死了，”韩吉先生说，“这件事我有我的看法。我们说的这个家伙，始终被他老娘挡着不能登基，一直到头发都白了。他是一个识时务的人，对我们也不错。你要问我呢，他倒是个挺不错的正派人，绝不会乱来的。他不过跟他自己说：‘老太婆从没去见过那些没人理的爱尔兰人。我可一定要亲自去看看，他们到底是怎么样的。’他这么好意跑来看我们，我们难道要侮辱他吗？嗯？科罗夫登，不对吗？”

科罗夫登先生点点头。

“话虽然这么说，”里昂斯先生抬起杠来，“你知道，爱德华国王的生平可不是这样……”

“那是过去的事情了，”韩吉先生说，“我个人很钦佩这个人。他不过像你我一样是个凡人。他爱喝酒，有点放荡，或许吧，可也是个讲道义的人。难道我们爱尔兰人就能不讲道义吗？”

“这都没错，”里昂斯先生说，“但是你看现在帕内尔这件事。”

“看在老天的分儿上，”韩吉先生说，“这两件事有什么相干？”

“我的意思是说，”里昂斯先生说，“我们有我们的理想。哼，我们竟然要欢迎这样一个人吗？你想，他那样对付了帕内尔以后，还配来领导我们吗？再说，我们也要这样对待爱德华七世吗？”

“今天是帕内尔逝世周年纪念日，”奥康诺先生说，“我们可不要动肝火。他现在虽然死了，离开了，我们可全都敬重他，连那些保守派也不例外。”他又转过去跟科罗夫登先生说。

“噗！”科罗夫登先生酒瓶上的软木塞到这时候才跳起来。科罗夫登先生从他坐的箱子上站起来，走向炉火。他拿着战利品回来的时候，用深沉的语调说：

“我们那边的人之所以敬重他，是因为他是个君子。”

“科罗夫登，你说对了。”韩吉先生狠狠地说。

“只有他能够来整顿那些野猫。‘你们这些狗，躺下来！躺下来！杂种！’他就是这样对付他们的。乔！请进，请进！”他往外呼叫。因为他看见海因斯先生站在门口。

海因斯先生慢慢地走了进来。

“杰克，再开一瓶啤酒，”韩吉先生说，“啊，我忘了没有开瓶器，来，拿一瓶过来，我把它放在炉火上。”这老人另外拿了一瓶给他。他把它搁在炉架上。

“乔，请坐，”奥康诺先生说，“我们刚才在谈老板的事。”

“唉，唉！”韩吉先生说。

海因斯先生靠着里昂斯先生坐在台子边，但没说什么。

“总而言之，他们当中有一个没背叛他，”韩吉先生说，“乔，我要替你说句公道话。只有你像个汉子那样对他忠心耿耿！”

“噢，乔，”奥康诺先生突然说，“给我们看你写的那个东西——你还记得吗？你身上带着吗？”

“噢，唉！”韩吉先生说，“给我们看吧。科罗夫登，这你听说过吗？现在你可要仔细地听，写得真不错。”

“念吧，”奥康诺先生说，“乔，快念吧。”

海因斯先生似乎一时想不起他们所说的那篇东西。但思索了一会儿后，他说：

“噢，是那篇东西啊……记得，现在已经过时了。”

“把他念出来吧！”奥康诺先生说。

“嘘，嘘，”韩吉先生说，“乔，念吧！”

海因斯先生踌躇了好一会儿，然后在一片静默中摘下帽子，把它放在台子上，并且站起身来。他似乎先在心里把这篇东西默背了一遍，过了好久，才朗声念了出来：

帕内尔之死

一八九一年十月六日

他先清了清喉咙，然后开始朗诵：

他死了。我们的无冕王死了。
爱云啊，你尽管悲伤地哀悼吧！
因为他已经死了，而打倒他的
就是今天那群伪善的人。

那些懦弱的犬类把他杀害，
他曾经把他们从泥淖提拔到云霄；
于是爱云的希望与爱云的梦想
都随着她君王的火葬而消失。

无论在何处，爱尔兰的人心，
在宫廷、小屋或在农舍里，

都因悲伤而垂头——因为他走了，
他本来会造就她的命运。
他本来可以使他的爱云出名，
把那面绿色的旗帜骄傲地展开，
把她的那些政治家、诗人与勇士
高举在世界列国之前。

他曾梦想（可惜呀，只是个梦想！）
那自由：然而就在他奋力
要抓住那目标时，诡诈的人哪
把他跟他所爱的东西拆散了。

可耻的是那些懦弱的小人，
他们鞭打他们的主人，
或者把他给出卖
交给那些谄媚的祭司——都不是他的朋友。

愿这些人永远蒙羞。
他们受不了他的荣耀，
就想尽一切法子
来污染他那崇高的名分。

他像那些勇者那样倒下，
到最后都那么高尚而无畏；
他现在死了，
跟爱尔兰过去的英雄在一起了。

他不声不响地睡了，
他安详地休息了：不再有人性的痛苦
或崇高的抱负来刺激他
去攀登那些荣耀的高峰。

他们得逞了：他们把他打倒了。
但，爱云，听哪，他的灵会升起，
就像那从火里飞起来的凤凰，
而等到那一天破晓。

那一天会带给我们自由的国度，
而在那一天，爱云就可以
举起杯来畅饮欢乐。
唯一的悲伤——是帕内尔的回忆。

海因斯先生又坐了下来，他念完了这首诗，大家一片沉寂，然后爆出了掌声，连里昂斯先生也鼓掌了。掌声稍稍持续了一会儿，等到都停了，听的人全默默拿起他们的瓶子来喝酒。

“噗！”海因斯先生那瓶酒中的木塞冲了出来，可是海因斯先生坐着没动。他坐在台子边，满脸通红，头上没戴帽子。他好像没听到酒瓶的邀请。

“乔，写得不错。”说着，奥康诺先生拿出他的卷烟纸以及烟草袋，来掩饰他激动的情绪。

“科罗夫登，你认为怎么样？”韩吉先生大声地说，“写得不错吧，对吧？”

科罗夫登先生说，这首诗写得实在好极了。

文章题目解读 在《都柏林人》所有的故事中，《纪念日》是20世纪致力于传播爱尔兰政治消息的一篇。查尔斯·帕内尔其人的微妙含义，支配着整个故事。

帕内尔虽生于英裔新教家庭，后来却被称为“爱尔兰无冕王”。他在1875年当选国会议员，两年后成为地方自治运动的领袖。这一派人认为，抵挡英国的最佳手段，是“妨碍议会”，而非与之妥协。1880年议会大选，格莱斯顿与自由党人重掌政权，帕内尔则接收了国会爱尔兰党的领导地位；他采取有意的政策拒绝与任何英国政党结盟，用以保持权力平衡。1882年，英国驻爱尔兰首席部长及其助理被刺于凤凰公园，而其后屡有人企图嫁祸给帕内尔；这些企图至1889年终归无效，于是帕内尔在民众心目中成为名副其实的民族英雄。

不幸的是，恰在帕内尔大获全胜之时爆出了一桩丑闻，造成了他的悲剧性的倾覆。有人指责他在他政治同人凯瑟琳的离婚案中犯奸淫罪（凯瑟琳夫人曾经一度是帕内尔的情妇），起初看来，帕内尔大约有惊无险，但他的政敌与狂热的天主教徒合力排挤他，使他丧失了爱尔兰国会党的领导权，而爱尔兰农村人口也转而以深仇大恨来反对他们原先的英雄，甚至发誓绝不舍弃领袖的帕内尔左右手提姆·希利也加入了反对势力。帕内尔与敌奋战一年，终于在1891年10月6日去世。

乔伊斯的父亲甚为帕内尔“被出卖”抱不平，当时年方9岁的乔伊斯颇受影响，就为此写了一首诗，名为《还有你，希利》，其父见而悦之，将诗印出，分赠友人。此诗现已不存，唯据乔伊斯的弟弟斯尼斯劳斯说，此诗之末句为“将这位已故领袖比作一只苍鹰……”

乔伊斯少年时对帕内尔的同情，对他后来的人格发展有深远的影响。英雄的桀骜骄恣，唯恐被人出卖的惴怛，以及乌合民众的阳奉阴违，都成为乔伊斯写作的主旨所在。随着年岁的增长，他为《都柏林人》找出版人而受挫折，写诗泄愤，就将他自己的命运跟帕内尔的命运连在一起说。1912年，乔伊斯为一家报纸撰写了一篇文章，名为《帕内尔的阴影》，最后两段十分悲愤：

“‘无冕国王’的幽灵，在那些记得他的人心里分量很重……但那不会是心存报复的幽灵。侵蚀他内心的忧愤，或许是一种深切的觉悟：在他有所依赖人之际，一个为他推心置腹的门徒竟会把他出卖。他以这种荒凉孤独的心境奋战至终，这也真可以说是他最为人心仪的地方。

“他最后向同胞做无奈的恳求，求他们别把他当作一块肥肉那样扔给那些咆哮着包围他们的英国狼。他们果然要面子，没把他扔给那些英国狼，他们自己把他撕成碎片。”

帕内尔既逝，追随他的人为了纪念他们的已故领袖，就在每年10月6日这天佩戴一枝常春藤。

母亲

A MOTHER

● ○

艾尔·阿布协会的助理秘书霍罗翰先生，在都柏林各处走了将近一个月了，他的双手及几个口袋里都装满了脏兮兮的纸张，为了一连串的音乐会而忙着。他瘸了一条腿，他的朋友因此叫他“拐子霍罗翰”。他不停地走来走去，有时候在街角站上个把钟头跟人谈问题，并且做笔记，但是最后把一切安排好的，却是卡尼夫人。

德芙琳小姐为了泄愤而变成卡尼夫人。她曾经在一所高级的修道院受教育，学会了法文和音乐。由于她生来面孔清冷，态度高傲，所以在学校里没交上什么朋友。等到了出阁的年龄，她被送到许多人家去做客，在那些地方，她的琴艺和象牙般的仪表大受称赞。她冷若冰霜地坐拥各种成就，等着有胆量的人来求婚，给她一个灿烂辉煌的生活。但是她遇到的那些年轻人都是平平凡凡的，而她也不鼓励他们，因此只好暗地里吃许多糖果来安慰她心头的这些浪漫愿望。不过，等到她青春不在，而她的朋友开始讲她的闲话时，她就嫁给了卡尼先生——这个俄蒙码头的皮鞋商来堵他们的嘴。

他的年龄比她大多了，长着一嘴棕色的大胡子，偶尔才说那么几句话，而且都是正经八百的。结婚一年以后，卡尼夫人认定这样一个男人比一个浪漫的男人更值得信赖，只是她始终没把那种浪漫的想法撇下。他头脑清醒，节俭而又虔诚，每个月的第一个星期五他一定上教堂，有时候跟她一起去，但更多时候是自己去。但是她的宗教信仰从不曾消失，而且是他的好妻子。若是在一个陌生的家里参加舞会，只要她轻轻抬一抬她的眉毛，他就会站起身来告辞；如果他咳嗽起来了，她就替他盖上绒毯来暖脚，并且调一杯浓浓的甜酒。在这方面，他是个模范父亲，他每个星期将一小笔钱存进一个协会里，以保障他的女儿们到二十四岁的时候，就各有一百英镑的嫁妆。他把长女凯思琳送到一所好的修道院去就读，她在那里学会了法文和音乐，然后又供她去皇家学院就读。每年七月，卡尼夫人总会找个场合向一个朋友说："我先生要把我们送到斯格里斯去度几个星期的假期，如果不是斯格里斯就是豪斯或格雷斯通斯。"

在爱尔兰文艺复兴开始兴起的时候，卡尼夫人决定利用她女儿的名义为家里请一位爱尔兰教师。凯思琳跟她妹妹把爱尔兰风景明信片寄给她们的朋友，而这些朋友也寄回来其他的爱尔兰风景明信片。每个星期日卡尼先生都带着他的家人上天主教会，做完弥撒以后，就有一小众人聚集在天主教堂街的拐角处。他们全都是卡尼家的朋友——玩音乐的朋友，要不然就是搞民族主义的朋友；他们把可以聊的闲话都聊完了以后，就彼此一一握手，看着这么多手交叉在一起而放声大笑，再用爱尔兰话彼此一一说再见。不久，凯思琳·卡尼小姐的名字就常常被人挂在嘴边了。人家说，她很有音乐天赋，而且是个很乖的女孩，尤其是她是个相信爱国语言运动的人。卡尼夫人对这种情形很满意。

因此，有一天霍罗翰先生来拜访她，说他的协会要在安提恩特音乐厅举办四次大型音乐会，并表示要请她女儿来担任钢琴伴奏，她当然不会觉得意外了。她把他请进客厅让了座，拿出了大酒杯以及装饼干的银罐子。她全神贯注地听取这件大事的细节报告，被对方说得服服帖帖的，终于草拟了一份合同，让凯思琳替这四场大型音乐会做钢琴伴奏，报酬是八块大洋。

霍罗翰先生在广告措辞与节目单设计这些小事情上是个门外汉，所以卡尼夫人就协助他。她有办法，因为她知道哪些"艺人"该用大写字母写，哪些"艺人"该用小写字母写。她还知道，第一男高音不会喜欢排在米德先生的滑稽的歌曲后面。为了使观众从头到尾不觉得枯燥，她就把那些不见得讨好的项目插在那些永远受欢迎的节目中间。霍罗翰先生每天都来看她，就有些事情向她提出建议。她总是那么友善，那么有主张——事实上亲切得很。她把那只酒瓶推到他的面前，嘴里说：

“请，霍罗翰先生，请自便吧！”

而在他自便的时候她说：

“别担心！别担心！”

事情进行得很顺利。卡尼夫人从布朗·托马斯店里买了些可爱的粉红丝缎缝在凯思琳洋装的前襟处。这花了整整一便士，但有时候花点钱是应该的。最后一场音乐会，她买了十几张两先令的入场券，分送给那些若不如此就难保会来捧场的朋友。她什么事都想到了，真多亏了她，该做的事情都做了。

这四场音乐会安排在星期三、四、五、六。卡尼夫人带着她的女儿在星期三晚上来到安提恩特音乐厅的时候，一看情形觉得不妙。有那么几个年轻人，外套上别着鲜蓝色的名牌，懒懒散散地站在厅堂，其中没有一个穿了晚礼服。她陪着女儿走了过去，往打开的厅门那里瞧了一眼，这才看出来，这些招待员为什么这么不起劲儿了。她起初还唯恐自己弄错了时间，没错，确实是差二十分钟到八点。

在舞台后面的化妆室里，有人向她介绍该协会的秘书菲茨巴特克先生。她面带微笑跟他握了手，他是个小个子，表情茫然。她觉察到，他把他那顶棕色的软帽马马虎虎地歪戴在头上，又发觉他讲话含混不清。他手上拿了一张节目单，就在跟她说话之时，他把那张节目单的一角给咬成了一团纸浆。他似乎有那么一点点失望的神情。每隔几分钟，霍罗翰先生就走到化妆室来报告票房的情形。那些“艺人”都在那里窃窃私语，不时望望镜子，把他们手上的乐谱卷起来又打开。等到将近八点半的时候，大厅里零零星星的几个观众已经等不及要看表演了。菲茨巴特克先生走进来，向着房间里茫茫然地微笑，他说：

“现在，各位女士，各位先生，我想好戏应该上场了。”

卡尼夫人听他说得这么无精打采，就给了他一个大白眼，然后强打精神跟女儿说：

“亲爱的，你准备好了吗？”

后来她逮住一个机会，把霍罗翰先生拉到一边，要他做一个明白的交代。霍罗翰先生说不出个所以然来，他说他们那个协会没头没脑地安排了四场音乐会，实在太多了。

“还有这些‘艺人’！”卡尼夫人说，“他们当然都挺卖力的，可是他们实在不算好。”

霍罗翰先生承认那些“艺人”确实不好，但是，他说协会已经决定了，随他们的意思放过前面三场，而把精彩的留在星期六晚上。卡尼夫人不说话了，可是呢，台上演出的节目一个比一个平庸，而大厅里的那些观众越来越少。她开始后悔了，觉得不该为这样的音乐会花她自己的钱。她总觉得那场面有些怪怪的，而菲茨巴特克那张空洞微笑的脸，令她感到非常不快。不过呢，她不说什么，等着瞧怎么个收场法。不到十点，音乐会就结束了，大家匆匆赶回家去。

星期四晚上的那场音乐会，观众多了些，可是卡尼夫人一眼就看出来，屋子里到处都扔着垃圾。观众的行为十分放肆，仿佛这场音乐会是一场非正式的时装预演。菲茨巴特克先生好像自得其乐，卡尼夫人看他不顺眼极了，他可一点都不放在心上。他站在幕布的边缘，不时把脑袋伸出去，跟二楼包厢角上的两个朋友大声谈笑。就在当天晚上卡尼夫人听说，星期五那场音乐会要取消了，而且协会要使出扛鼎的本事，把星期六晚上弄个满场。她一听这话，就把霍罗翰先生找了来，就在他拐着条腿急切地拿着一杯柠檬汁要去递给一位年轻女士的时候，她把他逮住了，问他这可是真的。他说，不错，这是真的。

“但是，当然了，合同可没变，”她说，“合同上说是四场音乐会。”

霍罗翰先生显然正在忙着，他叫她去跟菲茨巴特克先生说。卡尼夫人现在有点心慌了。她从幕布那里把菲茨巴特克先生叫过来，说她女儿签了四场音乐会，所以，当然了，根据合同上的条款，她应当得到明文规定的那笔钱，而不论协会是否办四场音乐会。菲茨巴特克先生一时没理解问题所在，好像不能解决这个难题，因此说，他会把这件事提到委员会上去。卡尼夫人的怒气开始飞上她的两颊，她几乎就要脱口而出地问他：

“那么请问，那个委员到底是谁？”

可是她知道，这话一说她就不像个有身份的女士了，所以就没出声。

星期五一大早，他们打发了一些小男孩拿着一捆捆传单到都柏林的大街上去散发。所有的晚报都刊登了特别广告，告诉那些爱好音乐的大众说，第二天晚上有好节目在等着他们。卡尼夫人多少觉得有点放心了，不过她心里想，不妨把她猜疑的事情说一点给丈夫听。他仔细听了，说如果他在星期六晚上陪她一起去，说不定情形会好一点。她觉得有道理，她敬重她的丈夫，多少就像她敬重邮政总局长，同样是那么伟大，那么可靠，又那么稳定；她虽然知道他学疏才浅，但是很欣赏他那种作为男人的气派。她听他说要陪她一起去，心里很高兴。她把事情暗暗做了打点。

盛大音乐会之夜来了，卡尼夫人由她丈夫跟女儿陪着，抵达了安提恩特音乐厅，比音乐会开始的时间早了三刻钟。天公不作美，偏偏下起雨来。卡尼夫人把她女儿的戏装和乐谱交给她丈夫保管，楼上楼下地去找霍罗翰先生或者菲茨巴特克先生，结果谁也没找着。他问那些招待员，委员会有哪一个在场。大费周章以后，有个招待员带来了一个小个子女人，名叫贝尼小姐。卡尼夫人就向她说明，她想要见一见协会秘书。贝尼小姐说他们随时会到，她问，有什么事情她可以效劳。卡尼夫人用搜索的目光望着那张卖力地装出可靠、热心的老气横秋的脸，回答说：

“不必了，谢谢你。”

这个小女人满怀希望，以为会有一次满堂彩。她望着外面的雨势，看那湿漉漉的大街上一片萧条，她那张缩成一堆的脸上，也就渐渐没了那种可靠与热情的神气了，然后她轻轻叹了口气，说：

“唉，尽人事听天命吧。”

卡尼夫人只好回到化妆室去。

那些“艺人”都来了。男低音跟第二高音都已经到了。男低音杜根先生是个瘦长的青年，嘴边有着散漫的黑胡子。他是城里一家公司看门人的儿子，小时候常在那间有回音的大厅里练低音歌喉。他出身卑微，后来力求上进，终于成为一位一流的“艺人”。他演过大型歌剧，有天晚上，有个歌剧“艺人”病倒了，他就顶替他的角色，在皇后戏院演出的《玛丽达娜》歌剧中扮演国王。他的歌喉感情充沛而且中气十足，大受观众的欢迎，可惜的是，他有一两次不自觉地用戴了手套的手来擦他的鼻子，破坏了他给人的好印象。他为人谦虚，不多说话。他把“您”说得很轻柔，几乎听不到；又为了保护嗓门儿，除牛奶以外，烈性的东西一概不喝。第二男高音斐尔先生是个金发小个子，他年年都参加菲西奥尔比赛[1]。在第四次参加的时候，得到了一枚铜牌奖。对于其他男中音他非常敏感，也非常嫉妒，所以对人热情得不得了，以此来掩饰他那种过敏的嫉妒。他有一种幽默感，就是要让人家都知道，音乐会是让他感到最头痛的事情。所以，他一见到杜根先生就走过去问他说：

“你也受到池鱼之殃了吗？”

“正是。”杜根先生说。

斐尔先生向这位难兄难弟笑了起来，一边伸出他的手说：

“握手！”

卡尼夫人经过这两个青年人走到戏幕边缘，看着大厅里的光景。座位很快就满了，大厅里散布着一种愉快的噪声。她走回来，悄悄说给她的丈夫听。他们所谈的必然跟凯思琳有关，因为他们俩常常看她一眼，而她站在那里跟

1　从一八九七年开始的每年一次的音乐节，一九〇四年在安提恩特音乐厅举办，乔伊斯曾参加、落败，因为不肯参加视唱测试，他得了第三名铜牌奖。乔伊斯因此对这样的活动有所鄙视。

她的一个民族主义的朋友聊天儿。那人是女低音歌手席莉小姐。有个不认识的白着一张脸的单身女子从大厅里走过，所有的女人都用锐利的目光追随着那件挂在一副弱不禁风的身子上的褪色蓝洋装。有人说，那就是女高音格林夫人。

“天知道他们从哪里把她给挖出来的，”凯思琳向席莉小姐说，“我真的没听说过她。”

席莉小姐笑而不答。这时霍罗翰先生拐着脚走进了化妆室，于是这两个少女就问他，那个无名女子是谁。霍罗翰先生说，她就是从伦敦来的格林夫人。格林夫人自己站在房间的一个角落，双手在胸前僵硬地握着一卷乐谱，不时转动着惶惑的目光。灯影好意地遮住了她那件褪色的裙裾，却也无情地掩住了她锁骨后面露出的纤美的颈项。大厅里的噪声变得更加清晰可闻了，第一男高音与第一男中音一起抵达，他们俩都穿得很体面，胖胖的，心安理得的，替这伙人带来了一丝富态的气息。

卡尼夫人把她女儿带过去见他们，并跟他们亲切地讲话。她要跟他们拉好关系，所以态度尽量礼貌。这时，她的眼睛跟着霍罗翰先生迂回曲折地来去。一等到能够脱身了，她就立刻跟在他后面走出去。

“霍罗翰先生，我要跟你说一句话。”她说。

他们去了走廊的僻静处，卡尼夫人问她女儿什么时候可以拿到钱。霍罗翰先生说这事是由菲茨巴特克先生负责。卡尼夫人说，他对于菲茨巴特克先生一无所知。她女儿签了一份八块大洋的合同，所以她该拿到钱。霍罗翰先生说这不关他的事。

“为什么不关你的事？”卡尼夫人问，“不是你亲自把合同带给她的吗？不管怎么说，假如这不关你的事，这可是我的事情，我决定要过问到底。”

“你最好去跟菲茨巴特克先生说。”霍罗翰先生冷冷地说。

“我根本就不认识菲茨巴特克先生，”卡尼夫人又说了一次，“我手上有这份合同，我打定主意要照上面所说的来做。”

她回到化妆室的时候，两颊微微发红。房间里生趣盎然，两个穿外出服的男子占据了火炉边的位置，正在亲切地跟席莉小姐及那位男中音聊天儿。他们一位是《自由人日报》的记者，另一位是奥马登·伯克先生。这位自由人日报的记者专程到这里来说他不能等音乐会了，因为他得去报道一位美国牧师在市长公馆发表的演说。他说，他们可以把新闻稿留在自由人日报报社转交给他，他会想办法加以刊登。他是个灰头发的人，说话的口气似真似假，态度唯唯诺诺。他手上拿了一支名牌雪茄，雪茄烟的香气飘浮在他的身边。他实在不想多待，因为音乐会跟“艺人”让他感到不耐烦，可是他仍然靠在壁炉架上。席莉小姐站在他前面，说着笑着，他的年纪不小了，该看得出来她之所以这么亲切的理由，可是他的心还很年轻，不肯放过眼前的机会。她身体散发出来的色香与暖气，把他给迷住了。他陶陶然地觉得，他所看见的在她衣服下面缓慢起伏的胸脯，这片刻是为了他而起伏；又觉得那笑声、香气以及多情的目光是冲着他来的。等到实在不能再待下去了，他才恋恋不舍地跟她告别。

“奥马登·伯克会写这篇报道，”他向霍罗翰先生说，“我一定留意这件事。”

“那就太感谢你了，韩德烈先生，”霍罗翰先生说，“我知道你一定会留意的。你要不要喝一点什么东西再离开？”

“也可以啊。”韩德烈先生说。

这两个人走过一些曲曲折折的路径，登上一道黑暗的楼梯，来到一个隔离的房间，其中有个招待员在替几位男士开酒瓶。里面有位男士就是奥马登·伯克先生，他是凭本能找到这间房间的。他是一个态度温和的年长男子，身体很胖，在休息的时候，就倚着一把丝质大伞来保持平衡。他那个夸大其词的西方式的名字就是他精神上的雨伞。他靠着它来平衡微妙的财务问题，很受大家的敬重。

就在霍罗翰先生款待那位《自由人日报》记者的时候，卡尼夫人正跟她丈夫气急败坏地说话，以至于他不得不请她把声音放低一点。化妆室里其他人的谈话已经变得有点勉强。出演第一个节目的斐尔先生已经拿了他的乐谱在准备，可是钢琴伴奏没给他什么表示，显然有什么地方不对劲儿。卡尼先生一边愣愣地望着前面，一边摸着他的胡须，而卡尼夫人用压抑着的强调语气凑在凯思琳的耳边说话。大厅那里传来观众催促开场的声响，有拍手的，也有跺脚的。第一男高音、男中音及席莉小姐站在一块儿静静等着，但是斐尔先生的神经极其紧张，因为他唯恐观众以为他迟到了。

霍罗翰先生和奥马登·伯克先生走进这房间里，霍罗翰先生当下就看出了大家缄默的缘故。他向卡尼夫人走过去跟她恳切地说话，他们在说的时候，大厅里的吵闹声越来越大了。霍罗翰先生变得满脸通红而且十分激动，他大着嗓门儿说话，可是卡尼夫人一再直截了当地插嘴说：

“她不肯上台。她一定得拿到她的八块大洋。”

霍罗翰先生气急败坏地用手指着大厅，观众在那里大声地鼓掌和跺脚。他求卡尼先生，又求凯思琳。可是卡尼先生只管摸他的胡子，凯思琳望着地上拨弄着她那双新鞋的鞋尖，这本不是她的过错。卡尼夫人又说：

“没拿到钱她是不会上台的。”

经过一番急促的口舌之争后，霍罗翰先生就急急忙忙地拐了出去，房间里沉默了。等到这种沉默的紧张变得有点让人受不了的时候，席莉小姐向那位男中音说：

“这礼拜你可见到帕特·唐斐尔夫人？”

那位男中音没见到她，但是他曾经听人说起她最近很好。谈话没再继续下去。第一男高音低下头，开始数算横挂在腰上的那条金链子上的环结，同时微笑着轻轻哼着一些曲调，看对前额的静脉窦有什么影响。大家不时偷看卡尼夫人一眼。

大厅里的噪声已经到了沸腾的程度，这时候菲茨巴特克先生冲进房间来，后面跟着喘着大气的霍罗翰先生。大厅里的鼓掌声跟跺脚声又加上了吹哨子的声音。菲茨巴特克先生手里拿了几张钞票，他数了四张递给卡尼夫人，说，剩下的一半在半场休息的时间再付给她。卡尼夫人说：

“这还差四先令。”

但是凯思琳已经挽起她的裙子说：“斐尔先生，请吧。”而这第一个演出者已经紧张得像棵风中的白杨树在发抖了。歌手与伴奏一起走了出去。大厅里的噪声马上消失了，中间有那么几秒钟的停顿，然后就听到了钢琴声。

这场音乐会的上半场，除格林夫人的节目以外都很成功。那位可怜的女士用一种有气没声的歌喉唱《吉勒尼》，无论咏唱与发音，都用她优雅动人的老式声调。她的模样如同从一口老旧舞台衣橱里走出来的僵尸，厅里低价票区的观众听到她那悲咽的高音，都加以取笑。不过，第一男高音与女低音博得满堂喝彩。凯思琳弹了些爱尔兰选曲也颇受赞赏。上半场之末，有位安排业余戏剧的青年女士做了一场煽动性的爱国诗歌朗诵，颇得好评。完了以后，男人们很满意，都走出去休息了。

在演出期间，化妆室里十分忙碌嘈杂。霍罗翰先生、菲茨巴特克先生、贝尼小姐、两个女招待、那位男中音及男低音，以及奥马登·伯克先生都挤在一个角落。奥马登·伯克先生说这是他见过的最不像话的丑事。他说，凯思琳·卡尼小姐的音乐事业从此止于都柏林。他问那位男中音，他对卡尼夫人的行为有何看法。他不想多说话，他已经拿到钱了，不想跟别人有过节。不过，他倒说卡尼夫人本该把“艺人”也考虑进去。女招待跟女秘书在激烈地争辩，中场休息到了该怎么办。

“我赞成贝尼小姐的主张，”奥马登·伯克先生说，“根本不给她钱。”

房间的另外一个角落里，是卡尼夫人与她先生、斐尔先生、席莉小姐，以及那位朗诵爱国诗歌的青年女士。卡尼夫人说，委员会对她太不像话了。她不遗余力，还出了钱，而最后竟如此回报她。

他们本以为要对付的不过是个女流之辈，因此不妨作践她。她可要让他们知道做错了事。假如她是个男人，他们就不敢这样对待她了。可是她要看她女儿得到该得的，她不会上别人的当。假如他们扣了她一分钱，她就要大闹都柏林。她当然顾念那些“艺人”，但是她又能怎么办？她诉诸那位男中音，他认为他们对她不公正。她又诉诸席莉小姐。席莉小姐一心要去加入另外那伙，但又不便如此，因为她是凯思琳的好朋友，而且，卡尼家常邀请她去他们家做客。

等上半场终了，菲茨巴特克先生与霍罗翰先生就过来见卡尼夫人，告诉她说另外四块大洋会在下星期二委员会开会后付给她，又说万一她女儿不为下半场弹奏，委员会就当作违约而不付钱了。

“我根本就没见到什么委员会！”卡尼夫人生气地说，“我女儿手上有合同，她一定得先拿到四镑八先令，否则甭想叫她上台一步。”

“卡尼夫人，你真让我感到意外，”霍罗翰先生说，“我怎么也没想到你会这样对待我们。”

“那你又是怎么对待我的？”卡尼夫人说。

她气得脸上一阵红一阵白，她的样子仿佛就要出手打人。

“我要的是公道。”她说。

“你总该知道要给自己留面子。”霍罗翰先生说。

“我该，真的吗？……可是我要你们付钱给我女儿的时候，竟没人给予客气的答复。”

她猛地把头一甩，装出一副高傲的声调说：

“你必须跟秘书去说，这不关我的事。我是大领导，不管这事。”

“我还以为你是位体面的夫人呢。”霍罗翰先生说，兀自从她面前走开了。

这样一来，卡尼夫人的举止成了众矢之的，大家都赞同委员会的做法。她气得脸发白，站在门口，指手画脚地跟她先生和女儿讲理。她一直等到下半场要开始的时候，满以为秘书会来找她。没想到席莉小姐一口答应弹一两支曲子伴奏。卡尼夫人只好让开，亲眼看着那位男中音和伴奏从她跟前走上台去。她像座气呆了的石雕，还站了那么片刻，等听见了第一声琴音，她一把抓起女儿的披风，向她丈夫说：

“叫一辆车！”

他立刻走出去。卡尼夫人把那件披风披到女儿身上，跟他一道走。经过门廊的时候，她停下来，瞪着霍罗翰先生。

“我跟你还没完呢。”她说。

“我跟你可是完了。”霍罗翰先生说。

凯思琳温顺地跟着她母亲。霍罗翰先生就在房里踱起步来，因为脸皮火烫，要让自己冷静下来。

“好一个上流女士！”他说，“噢，好一个上流女士！”

“霍罗翰，你做了该做的事。”奥马登·伯克先生倚着他那柄雨伞赞同地说。

圣恩

GRACE

● ○

当时在洗手间的两个男士想扶他起来，可是他十分虚弱，蜷伏在他摔倒的楼梯口。他们总算把他翻过来了，他的帽子滚到几步以外，衣服上沾满他面朝下躺着的那块地板上的污秽与脏水，他双目紧闭，呼吸声里夹着沉重的哀叹声，一缕鲜血由他的口角涓涓流下。

这两个男士跟一个服务生把他抬到楼上，又让他躺在酒吧的地板上。不消两分钟就有一圈人围着他。酒吧经理问大家他是谁，谁跟他一块儿来的。没人知道他是谁，但有一个服务生说，他曾为这位男士斟过一小杯朗姆酒。

“他当时是一个人吗？”经理问。

“不是，老板，有两位先生跟他在一起。”

“他们在哪儿？”

没人知道。有个人说：“给他透透气，他昏过去了。”

那圈看热闹的人让开了，随即又围了起来。在格子花纹地板上，靠近那人的头部凝结着一摊乌黑的血。经理被那人灰白的脸色吓坏了，赶紧派人去叫警察。

他的领子没扣好，领带松开着。他睁开眼睛，叹了口气，又合上了。有一位抬他上楼的男士，手里拿着一顶弄脏了的丝帽。经理一遍又一遍地问：难道没人知道伤者是谁，他的朋友上哪儿去了？有人推开店门，进来的是一个高大的警察。跟他从小巷来的一队人都挤在门外，争着从窗口看个究竟。

经理马上供述他所知道的一切，这位年轻的警察木然地听着。他的头自左而右缓慢地移动，注视着经理，旋即又看了一下躺在地上的人，好像唯恐会上当似的。然后，他脱下手套，从口袋中取出记事簿，舔舔铅笔头准备记录。他带着好猜疑的乡下口音问道：

“这人是谁？叫什么名字？住在哪儿？”

一个身穿骑车装的青年从围着的旁观者中间挤过来。他立刻蹲在伤者身边，请人取水来，警察也蹲下来帮忙。青年把伤者口角的血丝洗去，然后要了点白兰地。警察以威权的口吻把这吩咐重复了好几遍，直至一个服务生拿着杯子跑过来。他们将白兰地灌入那男人的喉咙。不一会儿，他睁开眼睛，环视四周。望望那圈人的脸孔，清楚了是怎么回事后，他便挣扎着要站起来。

“现在好点了吧？”那个穿骑车装的青年问。

“哈……没什么。”伤者答道，想要站起来。

有人扶他起来。经理提到一家医院，又有几个旁观者提出建议。有人把那顶瘪了的帽子戴在那人头上。警察问：

“你住在哪儿？”

那人没搭腔，开始捻他胡子的末梢。他不把这件意外放在心上。

“这不算什么，不过是小小的意外罢了！”他很含糊地说。

“你住在哪儿？”警察再问。

那人说他们会替他叫车。就在他们议论这一点时，有个穿黄色长外套的男士自酒店另一头走过来，他身材高大，动作敏捷，皮肤白净。他一看到这情景，便喊了起来：

“嗨，汤姆，老朋友！出了什么事啦？”

“哈？没……没什么。”那人说道。

来者打量了他面前这个可怜人，就转身对警察说：

“警察先生，不要紧，我会陪他回去。”

警察用手碰碰头盔，说：

“好吧！鲍尔先生。”

“来，汤姆，”鲍尔先生边说边拉起他朋友的手臂，“骨头没折断。什么？

能走吗？”

穿骑车装的青年拉着他的另一条臂膀，人群纷纷散开。

“你怎么把自己弄得这么狼狈？”鲍尔先生问他。

“这位先生从楼梯上摔下来了。”青年说。

“先生，我……很感……激……你。”伤者对青年说。

“不必客气。”

“我们能不能来点……？”

“现在不行，现在不行。”

三人离开酒店后，看热闹的人也穿过店门走入小巷。经理带警察到楼梯那儿勘查现场。他们一致认为那人是不小心滑了跤。顾客都回到吧台去了，有个服务生在着手清除地上的血迹。

他们走到格拉夫顿街时，鲍尔先生吹口哨唤来一辆两轮无篷马车。伤者再次清楚地说：

“我非……常感……激……你，先生。但愿……后会……有期。我的……名……字叫克……南。”

他受的震荡跟隐隐的痛楚使他略微清醒了几分。

“不必客气。”青年说。

他们互相握手道别。克南先生被他们抬进车厢，趁鲍尔先生把去处告诉车夫时，他又向青年致谢，说可惜没机会一块儿喝一杯。

“下回吧。”青年说。

车子驶向威斯特摩兰街，经过港务局时，那口大钟上指向九点半，一阵凛冽的东风自河口向他们袭来。克南先生冷得蜷缩成一团。他的朋友问他这意外怎么发生的。

“我不……能说话，”他答道，“我……的舌……头碰伤……了。”

“让我看看。”

鲍尔先生在车上查看克南的嘴，但他什么也看不到。他划了根火柴，用双手护着它，再次仔细查看克南先生乖乖张开的那张嘴。车子颠簸的动作使火柴在张开的嘴边左右晃着。只见下方牙齿与牙龈被血块遮满，似乎有一丁点舌头被咬掉了。火柴被风吹熄。

“好难看。”鲍尔先生说。

“哈，没……关系。”说着，克南先生合上嘴，又拉起脏外套的领子，围住脖子。

克南先生是个老派的巡游商，很看重本行的面子。到了城里，总可以见到他戴一顶说得上体面的丝帽，穿一双打上绑腿的高靴。他说，靠了这两样穿戴增光，就可以无往而不利。他承继他心目中的拿破仑——伟大的“黑白”——的传统，常常借着传说与模仿来召唤起对他的记忆。在现代化经营方式的竞争下，他只剩下了古庐街一间小办公室，窗罩上写了行号的名称与地址——伦敦，中东区。在这间小型办公室的壁炉架上，搁着一小排铅罐子，窗前桌上置了四五个瓷碗，里面通常盛着半碗黑色的液体。克南先生就拿这些碗来喝茶。他先喝一大口，往里吸润润喉，再吐到壁炉中，然后回味一番。

比他年轻多了的鲍尔先生，在都柏林的爱尔兰皇家警局工作。他社会地位提高的线路，正好与他朋友衰微的线路相交，所幸克南先生在事业巅峰时认识的那帮朋友，仍然把他看作一个人物，因此冲淡了他的衰颓感，鲍尔先生就是这样的朋友之一。他那令人费解的情义，在他的圈子里是个笑柄。他是个殷勤的年轻人。

车子停在格拉斯尼纹路的一间小屋前，克南先生被扶进屋里。他太太服侍他上床，鲍尔先生则在楼下厨房里问孩子们在哪儿读书，用什么课本。那些孩子——两女一男，知道他们的父亲现在自顾不暇，母亲又不在，开始跟他捣起蛋来。他们的举动与说话口音令他感到意外，双眉若有所思地聚拢起来。不多久，克南夫人走进厨房，大声说：

“真出丑呀！唉！总有一天他要把命送掉的，那就功德圆满了。从星期五以来，他就一直在喝。”

鲍尔先生小心地向她解释，他与此事无关，只是无意中碰上的。克南夫人想起鲍尔先生曾调解过他们的家庭争执，还常常借小笔且及时的钱给他们，于是说：

“噢，鲍尔先生，你不用向我解释。我知道你是他的朋友，不像其他跟他来往的那些人。他们只有他口袋里有钱，才跟他好，叫他不顾妻子与家庭。这帮好朋友，今天晚上他跟谁在一块儿，我可以知道吗？”

鲍尔先生摇摇头，没作声。

“真对不起，”她往下说，“家里没什么可招待你的。但是，如果你能稍等一下，我就叫人到转角福格食品店去。”

鲍尔先生站起来。

“我们等他带钱回家。他好像从没想到他有家室。”

“噢，克南夫人，”鲍尔先生说，“我们会使他重新做人。我要跟马丁谈谈，他合适。我们会挑一个晚上到这儿来，大家谈一谈。”

她送他到门口。车夫在人行道上来回跺着脚并摆动两臂以保暖。

“谢谢你送他回家。”她说。

“别客气。”鲍尔先生说。

他上了车。车子开动时，他愉快地向她挥帽。

“我们一定使他改过自新。”他说，“再见，克南夫人。”

克南夫人怅怅地目送那车子，直到看不见了，她这才收回视线，走进屋内，搜空她丈夫的口袋。

她是个积极又实际的中年女人。不久以前庆祝银婚纪念，由鲍尔先生伴奏，她和她丈夫跳华尔兹重缔旧爱。在她被追求的那段日子里，她觉得克南先生未必不是个殷勤男子。至今她听说有人要举行婚礼，还会赶到礼拜堂门口去，看到新人俪影，她就会喜滋滋地回想当初她如何自桑德蒙特的海星教堂走出来，靠在一个快活、丰衣足食的男人的臂弯里，这个男人穿着漂亮的大礼服，淡紫色西裤，另一只手臂上优雅地放着一顶丝帽。三个星期之后，她发现为人妻着实令人厌烦，后来，她觉得有点忍无可忍时，却已做了母亲。做母亲这方面，倒没有碰到不能忍受的困难，二十五年来，她一直为丈夫精明地操持家务。两个大儿子都已进了社会，一个在格拉斯哥的一家布料店，另一个在贝尔法斯特的一位茶商那里当店员。他们都是好儿子，经常写家信，有时还寄点钱回家，其他几个孩子仍在上学。

第二天，克南先生写了封信到办公室，仍躺在床上休息。她做了牛肉汁给他喝，并且狠狠谴责了他几句。她已经把他经常性的酗酒看得像气候一样平常，每当他醉了酒，她都尽责地照料他，劝他吃早点。世界上还有更糟糕的丈夫。自从孩子们长大了，他就从没发过脾气，她知道，就是为了订一小批货，他也会步行到托马斯街尽头再走回来。

过了两个晚上，他的朋友来看他了。她带他们到楼上卧房，让他们坐在壁炉旁，房间里的空气弥漫着病人所特有的气味。克南先生的舌头在白天里由于不时地刺痛使他有点烦躁，现在他变得彬彬有礼了。他靠着枕头坐在床上，肥胖双颊上的那点气色就像尚有余温的灰烬。他向客人道歉，说房间里实在紊乱；同时，又以老前辈的气势倨傲地望着他们。

他还不知道自己，他的朋友们——坎宁翰先生、麦科伊先生和鲍尔先生，设计了圈套，要叫他上当呢。在客厅里，鲍尔先生向克南夫人透了底。主意是鲍尔先生出的，进展却要靠坎宁翰先生。克南先生出身新教徒家族，虽然在结婚时改信了天主教，却有二十年没进过教堂。此外，他还侧面抨击过天主教教义。

坎宁翰先生正是应付这种事情的人。他是鲍尔先生的学长，但他自己的家庭生活也并不幸福。大家很同情他，因为都知道他娶了一个见不得人的女人——一个无可救药的酒鬼。他曾经为了她将屋子重新布置过六次，她每次都把家具典当一空。

人人都尊敬可怜的马丁·坎宁翰，他是个敏感透底的人，有知识能服众。由于长期和警察法庭案件接触，天生的机敏更突出，他那些耿直的世事阅历则因曾经对一般哲学有所了解而变得圆通。他的知识面很广，他的朋友都听从他的意见，还认为他长得像莎士比亚。

这个法子透露给了克南夫人后，她说：

“坎宁翰先生，一切交给你了。”

经过二十五年婚姻生活后，她已不存幻想。宗教对她是一种习惯，她以为一个像她丈夫那样年纪的男人，到死都不会有多大改变。她倒有点觉得他这件意外实在是罪有应得，要不是不想显得自己狠心，她很想奉告这几位男士说，克南先生的舌头虽然短了一截，可并不碍事。不过，坎宁翰先生是个能干的人，而宗教终究还是宗教。这个计划也许有效，退一步说吧，也不会有害。她的信念并不是很强，她坚信圣心顶礼是所有天主教祷告中最有用的，并赞成领圣体。她的信心范围不出厨房，但是硬要她相信的话，她也能相信“朝圣客”[1]和圣贤。

几位先生开始讨论这桩意外事件。坎宁翰先生说他以前曾遇到过类似的病情。一个七十岁的老头儿在羊痫风发作时咬掉了一块舌头，可是那片舌头又合起来了，没人看得出咬过的痕迹。

“那我还不到七十岁。”病人说。

“当然。”坎宁翰先生说。

“现在不痛了吧？”麦科伊先生问病人道。

麦科伊先生一度是位颇有名气的男高音。他的妻子以前是女高音，仍教小孩子钢琴，收取低廉的学费。他的职业生涯并不一帆风顺，几度靠他随机应变，勉强糊口。他曾任米德兰铁路公司的职员，《爱尔兰时报》和《自由人日报》的广告兜揽员，一家煤矿公司的特约推销员，私家征询代理人，副治安官办公室职员，最近任市验尸官的秘书。他的新差事使他对克南先生的事件产生了职业上的兴趣。

1 酒店在星期日只可卖酒给“合法”的旅客，而不许卖给当地的顾客，前者被谑称为“朝圣客”。

“痛？还好，”克南先生答道，“不过胃里很不舒服。我老觉得要吐。”

“那是醉酒的关系。”坎宁翰先生肯定地说。

“不是，”克南先生说，“我想我是在车上着了凉。有什么东西老上喉咙来，是痰还是……”

“黏液。”麦科伊先生说。

“它一直从喉咙下面上来，真不舒服。”

“对了，对了，”麦科伊先生说，“那就是胸腔嘛。”

他同时带着挑战的眼光看看坎宁翰先生和鲍尔先生。坎宁翰先生就猛点头，而鲍尔先生说：

“啊，只要平安无事就好了。”

“老弟，我非常感谢你。”病人说。

鲍尔先生摇摇手。

“那两个跟我在一块儿的家伙……”

“你跟谁在一块儿？”坎宁翰先生问病人。

“一个家伙，我不知道他的名字。真该死，他叫什么来着？那个淡茶色头发的小个子……”

“还有谁呢？”

“哈福德。”

“哼。”坎宁翰先生说。

坎宁翰先生哼了一声后，大家都默不作声了。大家都明白，说这话的人自有他的消息来源。就这件事而言，这个单音有臧否人品之意。哈福德先生往往招聚三五友朋，一到星期日中午便离开市区尽快赶往市郊的一家酒店，到了那里，这伙人就“名副其实”地成为朝圣客了。可是跟他同游的人从不把他的出身置之度外。他起初只是个地下贷款人，放小额高利贷给工人。后来，他和又胖又矮的郭德博先生合伙经营“利非借贷银行”。尽管他从未为难过犹太人，他的天主教同胞吃了他本人或他指使代理人的苦头，都咬牙切齿地说他是个文盲，又以为他那个白痴儿子正是他高利剥削的现世报。除此之外，他们倒还记得他的一些好处。

“我真纳闷儿他上哪儿去了。”克南先生说。

他希望这事的细节始终不明不白。他希望他的朋友认为发生了什么误会，所以哈福德先生跟他没碰上头。他朋友对哈福德先生的酒品很明白，所以都不说话了。鲍尔先生又说：

“只要平安无事就好了。”

克南先生立即转变话题。

“那是个正派的年轻小伙子，那个救我的人，”他说，“要不是他……”

“噢，要不是他，”鲍尔先生说，“就可能要坐七天牢，而且不是罚点款就能了的事。”

“对，对，”克南先生一边说，一边回想着，“我记得有一个警察。他好像是个正派的年轻人。这到底怎么发生的？”

“事实是你被起诉了。”坎宁翰先生严肃地说。

“所告属实。”克南先生同样严肃地说。

“杰克，我想你已经疏通了那个警察。”麦科伊先生说。

鲍尔先生不喜欢别人用他的教名。他虽然不是不通情面的人，但他对麦科伊先生这阵子到处借旅行提箱及皮包之事仍耿耿于怀，而麦科伊先生这样做的目的，不过是让他太太能够实现到乡下去从事音乐活动的梦想。他与其说是对这种低俗的做法感到不快，毋宁说是因为他身受其害而感到不快。因此他回答那个问题时，就当那是克南先生提的。

这句话使克南先生大为光火。他十分重视自己的公民身份，希望跟他居住的城市彼此尊重相待，而且被他喊作乡下佬的警察竟敢侮辱他。

“难道这就是我们付税的理由吗？”他问道，“去供养那些尸位素餐的人……而他们除此而外一无是处。”

坎宁翰先生笑了。他只在上班时间才是政府官员。

“除此而外，他们还会什么？”他说。

他装出一种浓重的土音，用命令式的口吻说：

“六十五号，接住你的卷心菜！”

大家纵声大笑。麦科伊先生想找机会插嘴，便装作从未听过这笑话。坎宁翰先生说：

“据说——人家说的，你知道——是发生在补充队里的笑话，你知道，那是训练那些大个子乡下傻小子的单位。军官命他们靠墙站成一列，手上端着盘子。”他边说边做滑稽的动作。

“在开饭的时候，你知道，他把好大一碗卷心菜放在桌上，还有一把大得像铁铲的调匙。他舀起一大匙卷心菜，满屋子撒过去，那些可怜虫只得设法用他们手上的盘子去兜住……六十五号，接住你的卷心菜。”大家又大笑起来。但是克南先生仍有些余愤未息。他说要写信给报社。

“这些上这儿来的乡巴佬，”他说，“以为他们能唬人。马丁，我不说你也知道他们是怎样的人吧。”

坎宁翰先生表示赞同。

“这世界上的事都一样，”他说，“有坏人也有好人。”

“这话说得对，真有好人。”克南先生说。他心平气和了。

“最好不必跟他们打交道，”麦科伊先生说，“这是我的看法。”

克南夫人走进房间来，放了一只碟子在桌上说：

“大家请用，别客气。”

鲍尔代表大家，起身来客气一番，把自己的椅子让给她。她婉谢说自己还在楼下熨衣服，向鲍尔先生身后的坎宁翰先生点头示意后，就打算离去。她丈夫喊住她：

“好太太，怎么没我的份呢？”

“噢，你啊！我的手背给你。”克南夫人尖刻地说。

她丈夫在她背后叫道：

"可怜。"

他装出一副滑稽的脸孔和声调，使啤酒的分配在相当愉快的气氛中进行。

大家喝了以后，把杯子搁在桌子上，一时没人说话。然后坎宁翰先生转向鲍尔先生，不经意地说：

"杰克，你是说星期四晚上？"

"星期四，对。"鲍尔先生答道。

"行！"坎宁翰先生马上说。

"我们可以在毛李店里碰头，"麦科伊先生说，"那是最合适不过的地方。"

"我们可不能迟到，"鲍尔先生认真地说，"因为一定人满为患。"

"我们可以在七点半见面。"麦科伊先生说。

"行！"坎宁翰先生说。

又是一段短暂的寂静。克南先生在看，他的朋友是否也会把他当自己人。然后他问：

"怎么回事啊？"

"哦，没什么！"坎宁翰先生说，"只是我们讲好了要在星期四办的一件小事而已。"

"看歌剧，是吗？"克南先生问道。

"不是，不是，"坎宁翰先生用一种唯唯诺诺的语气说，"只是一件小小的……宗教上的事情。"

"哦。"克南先生说。

又一阵沉静。然后鲍尔先生直截了当地说：

"实话告诉你吧，我们要办一次退修会。"

"对了，就是这么回事，"坎宁翰先生说，"杰克和我，还有麦科伊——我们全都要洗心革面一番。"

他用一种不太夸张的语调说出这个比喻，被他自己的声音所鼓动，又继续说：

“你知道，我们不妨承认我们是一伙坏蛋，全都是。真的，全都是。”他以恩威并施的脸色转向鲍尔先生说，“承认了吧！”

“我承认。”鲍尔先生说。

“我也承认。”麦科伊先生说。

“那么我们就一块儿洗心革面吧。”坎宁翰先生说。

灵机一动，他突然转向病人说：

“你知道我刚才想到什么了吗？你也可以参加，那么我们就可以跳方块舞了。”

“好主意！”鲍尔先生说，“我们四个人一起来。”

克南先生不搭腔，这个建议丝毫没打动他，但是，既知道有几个自命圣贤代理的人要为他来操心，他觉得倒有必要为自己的面子硬起脖子来不可了。在他朋友谈论耶稣会教士时，他一直不说话，只默默地带着敌意听着。

“我对耶稣会教士倒没有那么坏的看法，”他说，“他们是个受过教育的教派。我也相信他们是好意的。”

“他们是教会里最了不起的教派，”坎宁翰先生热心地说，“耶稣会会长仅次于教皇。”

“一点也不错，”麦科伊先生说，“做事情要想完备而无瑕疵，得找耶稣会教士。他们这些人可有势力呢。我告诉你一个例子……”

“耶稣会教士是一帮有修养的人。”鲍尔先生说。

“说起来呢，”坎宁翰先生说，“耶稣会教士有点特别。教会里的其他教派都先后改革过，就耶稣会从没改革。它从来没有衰退过。”

“真的吗？”麦科伊先生问。

“这是事实，”坎宁翰先生说，“也是历史。”

“看看他们教会，”鲍尔先生说，“再看看他们的会众。”

“耶稣会教士迎合中上层阶级。”麦科伊先生说。

“当然啰。”鲍尔先生说。

“不错，”克南先生说，“这就是我不忘情于他们的缘故。可惜有些无知、愚昧、自大的神父……”

“他们全都是好人，”坎宁翰先生说，“各有各的好处。爱尔兰神父是全世界都尊敬的。”

“对。”鲍尔先生说。

“不像大陆上的有些神父，”麦科伊先生说，“名不副实。”

“也许你说得对。”克南先生让步说。

“我当然是对的，”坎宁翰先生说，“我在世上活了这么些年， 一向都察言观色，着实见识了不少事。”

他们又一个学一个地喝起酒来。克南先生的心里似乎在衡量着什么。他深受感动。他对坎宁翰先生的善于察言观色甚为折服。他就探问这件事的详情。

“噢，不过是普通的退修会，你知道的，”坎宁翰先生说，“由珀登神父主持。你知道，这是专门为工商人士举办的。”

“他不会对我们过于严格。”鲍尔先生向他游说。

“珀登神父？珀登神父？”病人说。

“噢，你一定认识他，”坎宁翰先生断然说，“真是一个和气的好人。他就和我们一样，很随俗。”

“啊……对了。我想我认识他。脸红通通的，高高的个子。”

“就是他。”

“请告诉我，马丁……他善于讲道吗？”

“嗯……你知道，那并不算是讲道。这只是用平常的方式进行一次恳谈。”

克南先生在心里盘算。麦科伊先生说：

“博格神父，他就是。”

“噢，博格神父，”坎宁翰先生说，“真是个天生的演说家。汤姆，你听过他讲道吗？”

“我听过吗？”病人发急了，“当然听过，我听过他——”

“可是有人说他不是神学家。”坎宁翰先生说。

“真的吗？”麦科伊先生问。

“噢，当然，这没什么，你知道。只是有时候，他们说，他讲的东西不大正统。”

“啊！他是个了不起的人。”麦科伊先生道。

“我听过一次，”克南先生继续说，“我现在忘了他讲的是什么。克洛夫登和我坐在……后座，你们知道，就是……”

“教友席。”坎宁翰先生说。

“对，在后面靠近门口的地方。我现在忘了是讲……噢，对了，是讲教皇，已故的教皇。我还记得很清楚。说真的，他的演讲风采真好。还有他的声音，多好啊！他称教皇为‘梵蒂冈之囚’吗？”鲍尔先生问。

“不错呀，”克南先生答道，“这是个挺正派的橙带党员。我们走进摩尔街的巴乐酒店——老实说，我深受感动，天地良心的话——我清清楚楚记得他说过的话。‘克南，’他说，‘虽然我们在不同的祭台祭拜，但是我们的信仰是相同的。’我觉得他说得真好。”

“确实意味深长！”鲍尔先生说，“博格神父讲道时，礼拜堂里总有一大帮新教徒。”

“我们之间可没什么不同的，”麦科伊先生说，“我们都信奉……”

他犹豫了一阵。

“……救世主。只是他们不信教皇跟上帝的母亲。”

“可是，当然啦，”坎宁翰先生平静有力地说，“我们信的教才是真正的教，悠久而原始的信仰。”

“毫无疑问。”克南先生热心地说。

克南夫人到卧室门口来通报：

“有人来看你！”

“谁？”

“弗格蒂先生。”

“噢，请进，请进！”

一张椭圆的苍白的脸走向亮处。往下垂的金胡子配着一双带着惊喜之态的眼睛，与上面的两道倒挂金眉一致。弗格蒂先生是个小杂货商人。他在城里经营的一家酒店失败了，因为他的财力只允许他开二流的酿酒厂。他在格拉斯尼汶路开设了一家小店，自夸他的服务态度可以讨好那一区的家庭主妇。他举止相当斯文，会夸奖孩子，说话口齿清晰，不是没有教养的人。

弗格蒂先生随身带了一件礼物来，是半品脱特级威士忌。他礼貌地向克南先生问好，把礼物放在桌上，然后不分尊卑地与大家同坐。克南先生很感激这项馈赠，尤其是因为他想到自己和弗格蒂先生之间尚有些小账未了。他说：

“老弟，我知道你不赖，杰克，请把它打开好吗？”

鲍尔先生再度替大家效劳。他先清洗了杯子，斟了五小杯威士忌。这些举动令谈话平添生气。谦坐椅子一角的弗格蒂先生，更是兴趣盎然。

“教皇利奥十三世，”坎宁翰先生说，“是这个时代的伟人之一。你知道，他的宏愿是使拉丁与希腊教会合一。那是他一生的目标。”

“我常听说他是欧洲最有才识的人之一，”鲍尔先生说，“我是说不论他当不当教皇。”

“他的确是，”坎宁翰先生说，“即使说不上是顶尖的。他身为教皇，有一个座右铭，就是‘Lux upon Lux’——‘光上加光’的意思。”

“不对，不对，”弗格蒂先生热切地说，“我想你弄错了。我认为是‘Lux in Tenebris’，即‘暗中之光’。”

“噢，对，”麦科伊先生说，“应该是黑暗的意思。”

“对不起，让我说一句，”坎宁翰先生肯定地说，“那应该是‘Lux upon Lux’。前任教皇庇护九世的座右铭是‘Crux upon Crux’，即‘十字架加十字架’——以示两位教皇的不同。”

结论无异议后，坎宁翰先生继续发言：

“你们知道，教皇利奥是位了不起的学者兼诗人。”

“他有一张肃穆的脸。”克南先生说。

“对，”坎宁翰先生说，“他用拉丁文写诗。”

“真的吗？”弗格蒂先生问道。

麦科伊先生得意地尝尝威士忌，刻意摇头说：

“我可以告诉你，这可不是说笑啊。”

“我们上星期付了一便士在学校读书时，”鲍尔先生学麦科伊先生的样子说，“并没听说过。”

“有不少人是腋下挟着泥煤去上二便士一星期的学校，”克南先生套用格言说，“旧制度最好，老老实实地办教育，没有一点现在那些中看不中用的东西……”

“不错。”鲍尔先生说。

“一点也不花哨。”弗格蒂先生说。

言毕，他庄重地喝了一口酒。

“我记得读过教皇利奥的一首诗，”坎宁翰先生说，“是关于照相术发明的——当然是用拉丁文写的。”

“关于照相术！”克南先生叫了起来。

“是啊。”坎宁翰先生说。

他也喝了一口酒。

“仔细想想，照相术岂不是很神奇吗？”麦科伊先生说。

“噢，那当然，”鲍尔先生说，“大思想家就是有眼力。”

“就像一位诗人说的：伟大的头脑与疯狂相差无几。”弗格蒂先生说。

“告诉我，马丁，”他说，“是不是有些教皇——当然不是现在这位，也不是他的前任，而是很早以前的那些——说不上……你知道……够格？”

大家都默不作声。坎宁翰先生说：

“噢，不好的当然有……可没一个叫人叹服，没有一个，无论是烂醉如泥也好，还是……最最无赖的也好，没有一个凭权威讲过伪教义。他们就是不肯相信，这不是一件令人吃惊的事吗？”

“是。”克南先生说。

“不错，因为教皇凭权威说话时，”弗格蒂先生说，“他是绝不会错的。”

“对。”坎宁翰先生说。

“噢，我知道什么是教皇无谬论。我记得那时我还年轻……还是……？”

弗格蒂先生打断了话。他拿起酒瓶，为大家再斟上点酒。麦科伊先生见酒不够大家分享，便以自己尚未喝完为由婉拒。其他人则推辞一番就接受了。威士忌斟入酒杯的悦耳声响，谱成了一支动人的插曲。

“你刚才在说什么？”麦科伊先生问克南先生。

“教皇无谬论，”坎宁翰先生说，“那是整个教会史里最了不起的一场争论。”

“马丁，这怎么讲呢？”鲍尔先生问道。

坎宁翰先生举起两根粗大的手指。

“在红衣主教、大主教和主教组成的圣教团中，有两个人起来反对这个说法，而其他的都赞成。他们就是不肯相信！”

“哈！”麦科伊先生说。

“他们是德国的红衣主教，名叫多林格……是道林……还是……”

“道林不是德文，我敢保证。”鲍尔先生笑着说。

“管他叫什么，反正这个德国红衣主教是一个，另外一个是约翰·麦克海。”

“什么？”克南先生喊道，“是不是都安的那个约翰？”

“你能肯定吗？”弗格蒂先生狐疑地问，“我认为是意大利人或美国人。”

“就是都安的约翰。”坎宁翰先生又说一遍。

他喝酒，其他人也跟着喝。然后他接着说：

“他们全都赞成这一点，包括世界各地所有的红衣主教、主教和大主教，这两个人争论得不肯罢休，教皇终于自己站起来凭权威宣布‘教皇无谬论’为教会的信条。就在那个关乎紧要的一刻，反对最激烈的约翰·麦克海站起来，狮吼似的嚷道：‘我相信！’”

“我相信！”弗格蒂先生立即附议。

“相信！”坎宁翰先生说，“那显示了他的信心。教皇一说话，他便顺服了。”

“那么道林呢？”麦科伊先生问。

“那个德国红衣主教不肯顺服。他脱离了教会。”

坎宁翰先生的话在听者的脑海里建立起伟大教会的形象。当他说到相信和顺服时，那低沉而粗哑的声音使他们肃然起敬。克南夫人擦着手进来时，看到这伙人都严肃得不得了。她没打破静默，只是倚在床脚栏杆上。

“我见过约翰·麦克海，”克南先生说，“有生之年，我绝不会忘记。”

他转向他妻子以求证实。

“我常对你这样说吧？”

克南夫人点点头。

“那是在约翰·格雷爵士雕像的开幕式上，他喋喋不休，而这个螃蟹似的老家伙蹙着两道浓眉望着他。”

克南先生眉心打结，像一头愤怒的公牛那样低下头来，瞪着他妻子。

“天哪！”他大声说，恢复本来面目，“我从没见过有这样一对眼睛的人。它好像在说：‘好小子！我这下可把你给逮住了。’他的眼睛像老鹰的眼睛一般。”

“姓格雷的都不是好东西。”鲍尔先生说。

又是一阵静默。鲍尔先生突然兴奋地对克南夫人说：

“克南夫人，我们要使你丈夫成为一个圣洁、虔诚又敬畏天主的罗马天主教徒。”

他伸臂做手势把这伙人全包括在内。

“我们要一块儿来一次退修会，办告解——天主知道我们太需要那样做了。”

“我无所谓。”克南先生有点不自然地笑笑。

“我可怜那位得听你们告解的神父。”

克南先生的语气改变了。

“假如他不喜欢，”他粗率地说，“他可以……干别的事。我只会告诉他自己的一点小苦恼。我又不是什么大坏人……”

坎宁翰先生马上打圆场。

“我们都弃绝魔鬼，”他说，“不要忘记他的伎俩与虚饰。”

“撒旦，滚到后面去！”弗格蒂先生环视众人笑着说。

鲍尔先生不说话，他觉得自己完全胜利了，但见他脸上飘过一阵得意神色。

“我们要做的是，”坎宁翰先生说，“拿根点亮的蜡烛站起来，重发领洗誓愿。”

“噢，汤姆，别忘了蜡烛，”麦科伊先生说，“无论如何都要。”

“什么？”克南先生问，“一定得拿蜡烛吗？”

“噢，一定。”坎宁翰先生说。

“不，见鬼！”克南先生敏感地说，“这我可不能让步。这事我会做得很好。我会参加退修会、办告解……所有一切。但是……不拿蜡烛，不，见他的鬼，我反对蜡烛！”

他带着滑稽又庄重的表情摇摇头。

“你们听。”他妻子说。

“我反对蜡烛，”克南先生说，由于他意识到自己已影响了他的听众，就继续来回摆着头，“我反对这种走马灯的玩意儿。”

每个人都开怀大笑起来。

“好一个天主教徒。”他妻子说。

“不要蜡烛！”克南先生执拗地重述一遍，“绝对不要！”

园丁街上耶稣会教堂两侧走廊几乎挤满了人。可是每分钟仍有男士从侧门进来，放轻脚步随着信徒沿甬道走，直至找到座位为止。男士们个个衣着整齐，而且秩序井然。堂里的灯光照亮了那些跟零星格子呢服掺杂的黑衣白领，也照亮了大理石柱子上斑驳的条纹和阴郁的油画。大家坐在跪凳上，把裤子稍微拉至膝盖，把帽子平放在膝头上。他们都坐在很后面，庄重地凝视着悬在高高祭台前的那点点红灯。

靠近讲坛的一条跪凳上，坐着坎宁翰先生与克南先生，麦科伊先生在他们后面独坐，麦科伊先生后面是鲍尔先生和弗格蒂先生。麦科伊先生找不到可以与他们同坐的位子，而当大家坐成一个五点梅花形时，他调侃了几句，但不见效，既然没人欣赞，他只好打住。现在就是他也对肃穆的气氛敏感起来，而对宗教的刺激有了反应。坎宁翰先生对克南先生附耳低语，把他的注意力移至不远处的放债人哈福德身上，以及投票人记录暨市长选举主委范宁先生那里，他跟一位刚刚当选的议员同坐在讲坛下，右边坐的是三间当铺的老板迈克·格林，还有唐何根的侄子，他即将出任市秘书处的工作。前面再过去坐的是《自由人日报》首席记者卧德礼先生。还有可怜的欧凯罗，克南先生的多年之交，过去是商界的一位有分量的人物。克南先生逐渐认出几张熟面孔后，就觉得自在不少。他那顶帽子（已经由他妻子修整）放在膝盖上。有一两次，他一只手拉扯袖口，另一只手则轻轻地握住帽檐。

一个上身罩白祭衣，看起来颇具权威的人，费力地走向讲坛。会众同时一阵骚动，掏出手帕，小心翼翼地跪在上面。克南先生也跟着做。现在神父的身影笔直地站在讲坛上，他顶着一张大红脸，身子有三分之二出现在栏杆上。

珀登神父跪了下来，转向那盏红灯，以手蒙脸静静祈祷。过了不多时，他放下手站起身，会众也跟着站起来坐在跪凳上。克南先生把他的帽子放回膝头，专心听讲。神父用力翻转祭衣的宽袖，然后俯视一排排脸孔说：

“因为今世之子，在世事之上较比光明之子更加聪明。你们要藉（借）那不义之财，结交朋友。到了你们死时，他们便会接你们到永世的居所。”

珀登神父以稳健洪亮的语调演述这段经文。他说，那是《圣经》中最难的经句，不易做贴切的诠释。对一个不经意的旁观者来说，这似乎与耶稣基督在《圣经》中他处讲的高超道德有出入。但是，他告诉他的听众，这段经文特别适用于那些注定要过世俗生活但又想超脱世俗生活的人。那是一段为商人和专职人士写的经文。耶稣基督对人性的每一方面都了解得异常透彻，他明白并非所有人都得过宗教生活，大多数教人被迫在俗世生活，而且，也多少为俗世而生活。他有心用这句话给他们一些忠告，在宗教生活上给他们一些榜样，就是那些最不关心宗教的拜金者。

他告诉听众说，今天晚上他站在那里并不想恐吓人，也无特别目的，他只是以世俗人的身份跟他的同胞说话。他来是要和商业界人士说话，也以就事论事的方式跟他们说话。如果用比喻来说，他说他等于是他们灵魂上的会计，他希望在场各位都打开他的账簿，他灵魂生活的账簿，来看看它们是否与良知相吻合。

耶稣基督不是个严厉的老板，他谅解我们的小过错，也谅解我们可怜的堕落本性的弱点，更谅解这世界的诱惑。我们可能会受到诱惑，我们全都有过失误，但他只要求会众一件事，他说，那就是对天主要坦诚而果敢，假如他们的账目处处符合，就可以说：

“我已核对过我的账目。我发现一切相符。”

然而，假如有不符之处，就要承认事实，要像男子汉那样坦诚地说：

“我已查核过我的账目。我发现这也错，那也错，但是，赖天主圣宠，我必会更正这些。我必把我的账目更正。”

死者

THE DEAD

● ○

门房的女儿莉莉一直在跑步。她才把一位男士请进一楼办公室后面的小房间，帮他脱了大衣，大门的铃又响了起来，她只好连跑带跳地跑过那空荡荡的走廊，带另一位客人进来，好在她不必去伺候那些女客。那是凯特小姐和朱莉娅小姐有先见之明，先把楼上的浴室改成女士的化妆室。凯特小姐与朱莉娅小姐都在，又说又笑地忙得团团转，陪着每一位客人走到楼梯尽头，伸长脖子从栏杆上往下瞧，又呼唤楼下的莉莉，问她是谁来了。

莫肯家几位小姐每年一次的舞会，向来是件大事。认识她们的人都来了，其中有家人、家人的老友、朱莉娅诗班的成员、凯特学生中那些算得上长大了的，另外还有玛丽·简的几个学生。没有一回是冷清的。谁只要想得起来，都觉得这么些年来，每次都办得气派十足。打从她们的哥哥帕特去世以后就是这样。那年，凯特和朱莉娅离开石巴特的旧宅，带着她们唯一的侄女玛丽·简住进乌雪岛上这座阴暗荒凉的屋子。房子是向玉米批发商富伦先生租的，她们住楼上，房东住楼下。算起来，这可是整整三十年了。玛丽·简那时是个穿着短衫短裙的小女孩，如今是一家的支柱，因为她在哈丁顿路的一家教会里弹风琴。她从皇家音乐学院毕业后，每年都在安提恩特音乐厅的楼上办一次学生演奏会。她的许多学生，都是京斯顿和戴尔其一带较优裕家庭的子弟。她的两位姑姑虽然老了，但也尽她们的本分。朱莉娅虽然已经满头云霜，但仍是“亚当夏娃教会”里的首席女高音；至于凯特，她身子过于虚弱，外出不便，就用后面房间那架老旧方形钢琴教初级学生。门房的女儿莉莉则替她们做家事。她们的生活虽过得朴实，但很看重吃，最好的东西就是牛腰菱骨排、三先令一磅的茶叶、上等瓶装黑啤酒这三样了。好在莉莉很少把她们的吩咐弄错，所以跟三位女主人相处得很融洽。她们都爱大惊小怪，如此而已。只有一样她们受不了，那就是顶嘴。

在这么要紧的一个晚上，她们当然有充分的理由来大惊小怪了。何况十点早过了，而加布里埃尔同他的妻子连人影都没有看到。她们又万分担心，弗瑞迪·马林斯会醉醺醺地来。她们一万个不愿意玛丽·简的学生看到他这副不由自主的模样，而且他一旦如此，往往很难驾驭。弗瑞迪·马林斯一向迟到，她们搞不懂什么事绊住了加布里埃尔，所以她们每隔两分钟就要倚着楼梯栏杆问莉莉，加布里埃尔跟弗瑞迪来了没有。

“噢，康罗伊先生啊，”莉莉替加布里埃尔开了大门时向他说，“凯特小姐跟朱莉娅小姐都以为你们不会来了呢。康罗伊夫人，晚安。”

“我就知道她们会这样想，”加布里埃尔说，“她们可忘了，我太太出门要花上三个钟头打扮呢。”

他站定在门垫上，把雨鞋上的雪擦去，这边莉莉一边领着他夫人走向楼梯口，一边大声通报：

“凯特小姐，康罗伊夫人来了。”

凯特同朱莉娅忙不迭地走下暗暗的楼梯。两人都和加布里埃尔的妻子亲颊为礼，嘴里说，真怕她好端端的没了踪影，又问加布里埃尔是否一起来了。

“凯特阿姨，我就在这儿，跟邮件一样！”

“请先上去吧。我就跟着来。”加布里埃尔站在暗处大声说道。

他仍一个劲儿地搓他那双脚，这时三个女人说笑着上楼，向女士化妆室走去。他的大衣肩膀上有一层像披风似的薄雪，套鞋尖上也沾着些有如鞋尖套皮似的雪。他解开大衣纽扣之际，雪水冻硬了的粗绒发出叽叽之声，而一阵由屋外挟带进来的凛冽气息，从那些衣缝与褶层里逸出来。

“康罗伊先生，天又下雪了？”莉莉问。

她先进衣帽间帮他脱了大衣。加布里埃尔听到她叫他姓氏的发音，微笑着瞧了她一眼。她是个纤细的少女，还在青春期，白白净净的，头发呈枯草般的黄色。被衣帽间的煤气灯一照，她的脸色越发显得白皙了。早在她还是个娃娃时，加布里埃尔就认识了她，总见她坐在门前台阶下哄着一个破布娃娃。

“正是，莉莉，”他答道，“我猜这一夜有得下呢。”

楼上的拖沓脚步震着衣帽间的天花板，他抬头望了望，听了一会儿钢琴声又去瞧女孩子，而她正在搁衣架的一头细心叠他那件大衣。

“莉莉，”他和善地说，“你还上学吗？”

“不了，先生，”她答道，“今年我停学了，不读了。”

“噢，那么，”加布里埃尔嬉笑着说，“我想，你很快就要跟你那位请我们喝喜酒了，对吗？”

女孩回过头来瞥了他一眼，没好气地说：“这年头男人只会花言巧语，占人便宜。”

加布里埃尔似乎自觉失言而脸红起来，因此没敢再去瞧她，径自把套鞋脱了，用厚手套起劲地掸着他那双漆皮鞋子。

他是个高大健壮的青年男子。他两颊上的红润血色一直向上蔓延到额头，散作几片似有若无的粉红色斑，那张光洁的脸上架着的晶亮的镜片不住地闪烁着，遮住了那双文气却又不安的眼睛。他一头光泽黑发从中分开，长长的卷发掠到耳后，而在帽子压出的痕迹之下稍稍卷起。

他把那双鞋擦得晶亮了就站直身子，把背心往下扯扯，贴紧他那胖胖的身子。他随即从口袋里匆匆掏出一枚硬币来。

“噢，莉莉，”他一边说一边把它塞进她的手中，“快过圣诞节了，对不对？这……一点小意……”

他快步向楼梯走去。

“先生，不行啊！”女孩跟在他后面叫道，“真的，先生，我不能收。”

“过节嘛！”说着，加布里埃尔几乎用小快步跑向楼梯，并且恳求似的向她挥手。

女孩眼看他已踩上了楼梯，大声向他叫道：

“那就谢了，先生。”

他等在客厅门外，想等到那支华尔兹奏完为止，细听裙裾擦过门板的声音以及舞步声。女孩突然说的那句顶他的气话，让他一直觉得不是滋味。这使他整个人都阴沉起来，只好整整袖子与领结，想把那股情绪驱散。然后他从背心口袋里掏出一小张纸来，匆匆看一眼他要演讲的提要。那几行勃朗宁的诗叫他踌躇，他怕他的听众没那么高的水平。引用莎士比亚的诗或从《爱尔兰曲调》中引几句大家耳熟的诗或许要好些吧。男士鞋跟轻率踏地和他们鞋底粗重滑步所发出的声音使他想到，他们的文化水平跟他的有差距。念些他们不懂的诗给他们听，只会让他自己出洋相。他们会想，他是在卖弄他的学问。他恐怕得不到他们的好感，一如他在衣帽间得不到那女孩的好感。他弄错谱了。他这整场演讲压根儿是大大的失策之举，一定是不受欢迎的。

恰在此时，两位阿姨和他的妻子从女士化妆室走了出来。两位阿姨都是穿着朴素的矮个子老妇。朱莉娅阿姨稍高那么几分。她的头发垂到耳叶上面，一片灰白；她那张松软的脸也是灰白的，而阴影更深些。虽然她的身段肥胖，但站得笔直，她那迟钝的目光与微张的双唇给人的观感，像是一个不知身在何处又不知要往何处去的女人。凯特阿姨比较活泼些。她的脸比她姐姐的健康，但布满了皱纹，活像一只风干了的苹果，只有头发还像以前那样盘起来，倒未失本来的熟栗子那样的色泽。

她们俩都坦率地亲了亲加布里埃尔。他是她们的爱侄，是嫁了港口码头区 T. J. 康罗伊的已故姐姐爱伦的儿子。

“加布里埃尔，葛莉塔告诉我，今晚你们不搭出租马车回芒克顿。”凯特阿姨说。

“不搭，”加布里埃尔转向妻子说，“去年我们受够了，不是吗？凯特阿姨，你记不记得，葛莉塔因此大大感冒了一场？车窗一路上嘎嘎地响，过了默林，东风直往里边灌。那可真痛快。葛莉塔得了一次很严重的感冒。”

凯特阿姨每听他说一个字就蹙紧眉头点头。

“说得是，加布里埃尔，说得是，”她说，“真不能不小心啊。”

“葛莉塔可不在乎呢，”加布里埃尔说，“依她的话，她会冒着雪走路回家。”

康罗伊夫人大笑起来。

“凯特阿姨，别听他的，”她说，“他可真会烦人啊，说什么要汤姆晚上戴绿色遮光罩来护眼，又要他练哑铃，还强迫伊娃喝麦片粥。那个可怜的孩子！她见了那就害怕！……噢，你再也猜不到他现在要我穿什么！”

她突然发出一阵笑声，同时瞧了瞧她丈夫，原来他那对充满爱慕、喜悦之情的眼睛正在她身上打转，从衣服看到脸再看到头发。两位阿姨也开心地笑起来，因为加布里埃尔的热切关怀一向是她们打趣的话题。

“穿套鞋，”康罗伊夫人说，“这是最近的事。脚下有点潮湿，他就非要我穿上套鞋不可。连今晚他也要我穿上它们，我可不干。下一回他一定会给我买件潜水装。”

加布里埃尔难为情地笑起来，同时故作稳重地抚摩着他的领带，凯特阿姨几乎笑弯了腰，这个笑话真让她乐坏了。朱莉娅阿姨脸上的笑容很快就收了起来，而她那对了无欢意的眼睛，直盯在她侄儿的脸上。过了一会儿她问：

“加布里埃尔，套鞋是什么啊？”

“朱莉娅，套鞋嘛！”她姐姐叫了起来，“老天，难道你不知道套鞋是什么？那就是套在……套在靴子外面的，葛莉塔，对不对？”

“对，”康罗伊夫人说，“橡胶做的。我们俩现在都有一双。加布里埃尔说大陆上人人都穿。”

“噢，大陆上。”朱莉娅阿姨喃喃地说，一边缓缓点头。

加布里埃尔蹙起眉头，好像有点生气，他说：“这没什么了不起的，只是葛莉塔觉得滑稽，她说这名称让她想起黑人歌唱班子。”

“对了，加布里埃尔，有件事，”凯特阿姨机敏老练地说，“你们当然考虑到了住的地方。葛莉塔说……”

“噢，住的地方没问题，”加布里埃尔答复，“我订了格瑞香旅馆的房了。”

“那好，”凯特阿姨说，“那最好不过了。小孩子呢，葛莉塔，你不担心他们？”

“才一个晚上嘛，”康罗伊夫人说，“况且有贝西照顾他们。”

“那好，”凯特阿姨又说，“有这样一个可靠的女孩，真叫人放心。说到我们那个莉莉，我真不知道她最近中了什么邪，她完全像是换了个人。”

在这节骨眼儿上，加布里埃尔正要问她阿姨一些问题，只是她突然停住不说，转头去看她妹妹，而她早已逛荡着下了楼梯，这会儿在栏杆边伸着脖子往下瞧。

“让我先问你吧，”她几乎烦躁地说，“朱莉娅要去哪里？朱莉娅！朱莉娅！你要去哪儿？”

朱莉娅的一只脚正要往下跨，又收了回来，她淡淡地宣告说：

“弗瑞迪来了。”

这时，一阵鼓掌声挟着钢琴演奏的最后装饰乐句，宣告那曲华尔兹已经结束。客厅的门从里边打开，有几对男女走出来。凯特阿姨忙把加布里埃尔拽到一边，咬着他耳朵说：

“你悄悄下去，加布里埃尔，帮个忙，看看他好不好，要是喝醉了，别让他上来。八成是醉了，我敢说他醉了。”

加布里埃尔走向楼梯，隔着栏杆仔细听。他听到两个人在衣帽间说话。随即他听出弗瑞迪·马林斯的笑声。他乒乒乓乓地下楼去了。

“好在加布里埃尔在这里，”凯特阿姨向康罗伊夫人说，“真叫人放心。每回他来，我总觉得心里舒坦些……朱莉娅，黛蕾小姐跟鲍威尔小姐要吃些点心。黛蕾小姐，多谢你的优美华尔兹。弹得可真动人。”

这时一个高个子男子带着他的舞伴走了出来，他有张黑黝黝的皱脸，上面留着一抹斑白的胡子。他问：

“莫肯小姐，我们也可以吃些点心吗？”

“朱莉娅，”凯特阿姨直截了当地说，“还有布朗先生和富隆小姐。朱莉娅，带他们进去，跟黛蕾小姐与鲍威尔小姐一起。”

“我是女士们都要的男人，”布朗先生噘起嘴唇说话，使得胡子都一根根立了起来，而他一笑脸上全是皱纹。“莫肯小姐，你可知道，她们这么喜欢我的理由是——”

布朗先生话没说完，可是，眼看凯特阿姨已走到说话范围以外去了，他马上领了那三位小姐走进后面的房间。这房间中央并靠摆了两张方桌，朱莉娅阿姨跟门房正在那上头摆布着一张大桌巾。餐具架上排列着盘碟跟玻璃杯，以及成束的刀叉跟调匙。合上的方形钢琴的盖子也当作餐具架用了，搁着各式食物与甜点。两个年轻男士站在屋角的一张小餐具架旁边，喝着苦味啤酒。

布朗先生把他保护下的娇客带到那里，开玩笑地请她们用些又热又刺激的女士甜酒。听她们说，她们从没喝过什么刺激的东西，他就替她们开了三瓶柠檬水。然后他请那两位青年男士中的一位让一让，拿着大玻璃瓶给他自己倒了不少的威士忌。在他试喝时，那两个年轻人都敬重地瞧着他。

“老天保佑，”他面露笑容地说，“这可是医生的处方。”

他那张满是皱纹的脸上笑靥漾得更阔了，那三位青年女郎和着音乐响应他的笑闹，一边左右轻摆着身子，怯怯地扭动她们的肩膀。那最大方的一个说：“噢，得了，布朗先生，我才不信医生会开这样的处方呢。”

布朗先生又啜了一口手上的威士忌，也斜着眼模仿别人的样子说：

“那你可不懂了，我就像那位鼎鼎有名的卡西狄夫人，据说她有一回说：‘玛丽·格瑞姆斯，假如我不喝，你要强迫我喝，因为我觉得我需要它。’”

他那张通红的脸往前凑得太亲热了一点，而且他又用了一种很下流的都柏林口音，以至于那位女郎本能地不搭他的腔。富隆小姐也是玛丽·简的一位学生，她问黛蕾小姐，她方才弹的那首好听的华尔兹叫什么来着，布朗先生一看没人理他了，马上转而去跟那两个青年攀谈，他们倒比较看重他。

有一位全身紫罗兰色打扮的红脸少妇走进这个房间来，她兴奋地拍手叫嚷道："跳方块舞！跳方块舞！"

凯特阿姨紧跟着她大声说：

"玛丽·简，请两位男士与三位女士。"

"噢，这里有柏京先生和克云根先生，"玛丽·简说，"克云根先生，你带鲍威尔小姐好吗？富隆小姐，我来替你找一位舞伴，柏京先生。噢，现在这就正好了。"

"玛丽·简，要三位女士。"凯特阿姨说。

那两位年轻男士问女士们可愿赏光，于是玛丽·简就转向黛蕾小姐。

"噢，黛蕾小姐，你实在太好了，刚才连弹了两支舞曲，可惜我们今晚女士人数不足。"

"莫肯小姐，我一点都不在乎。"

"我倒替你找了个好舞伴，就是巴泰尔·达西先生，他是男中音。待会儿我要请他唱歌。全都柏林的人都迷死了他呢。"

"好美的歌喉，好美的歌喉！"凯特阿姨说。

待到再一次弹起第一支乐曲的序曲时，玛丽·简立刻率领着她捐募的人马走出了房间。他们才离开，朱莉娅阿姨就一边慢吞吞地踱了进来，一边看着身后的什么。

"朱莉娅，怎么了？"凯特阿姨急着问，"那是谁？"

手上拿了一大把餐巾的朱莉娅转过头来干脆地说，仿佛那问题让她感到意外：

"就是弗瑞迪嘛，凯特，加布里埃尔跟他在一起。"

事实上，这会儿可以看到，就在她身后，加布里埃尔引导着弗瑞迪·马林斯跨过楼梯口。后者是个四十岁上下的年轻男子，身材体型跟加布里埃尔一样，只是肩头很圆。他的脸浮肿发青，唯一有血色的地方，是他那对厚厚的耳垂以及宽宽的鼻翼。他的五官粗糙，一个钝头鼻，一道凸起来又倒挂下去的眉头，鼓胀的嘴唇。他的眼睛上盖着厚厚的眼睑，稀疏的头发凌乱不整，看起来一副瞌睡相。他在楼梯上跟加布里埃尔说了个故事，完了就用高嗓门儿开心地大笑着，同时用他的左拳关节来来回回地用力揉擦着左眼。

“晚安，弗瑞迪。”朱莉娅阿姨说。

弗瑞迪·马林斯向两位莫肯小姐问安，口气因为他说话声里带着的习惯性哽咽而显得随便，他一见布朗先生从立橱那儿咧着嘴向他笑，就迈着摇晃的双脚走过房间，开始用一种低沉的声音复述他已经跟加布里埃尔讲过的那个故事。

“他还好，对吗？”凯特阿姨问加布里埃尔说。

加布里埃尔的眉头原是阴沉的，但马上抬了起来，答道：

“噢，还好，几乎看不出来。”

“唉，他真是个麻烦家伙！”她说，“可怜他母亲在除夕夜还逼他起了誓。走吧，加布里埃尔，到客厅去吧。”

跟加布里埃尔离开那房间以前，她向布朗先生做手势，她皱着眉心，左右摇着食指，以示警告。布朗先生颔首为答，等她一走开，就向弗瑞迪·马林斯说：

“嗨，泰迪，我这就替你倒一大杯柠檬水，给你提提神。”

故事正说到兴头儿上的弗瑞迪·马林斯不耐烦地挥手婉拒，布朗先生倒很机灵，先提醒弗瑞迪·马林斯说他衣服上有点零乱，乘机就倒了满满一杯柠檬水递给了他。弗瑞迪·马林斯左手不自觉地接了玻璃杯，而右手则不自觉地忙着整理他的衣服。布朗先生的脸上再一次漾起嬉笑的皱纹，自己倒了一杯威士忌，这边弗瑞迪·马林斯正要说到故事的精彩处，却突然爆出一阵赛似高音调、慢性气管炎咳嗽般的大笑，同时搁下他那杯没喝一口快溢出来的柠檬水，又开始用左拳关节来来回回地用力揉擦他的左眼，嘴里还挟笑带说地重复刚才那句话。

玛丽·简在安静的室厅里弹奏她的学院乐曲，全是疾速的快板与艰难的乐章，倒弄得加布里埃尔听不进去了。他喜欢音乐，可是他觉得这支乐曲没有旋律，而其他人虽然恳求玛丽·简再弹一曲，他也怀疑他们是否听出了其中的旋律。有四个年轻人听到钢琴声而从吃点心的房间走过来站在门口，但过了几分钟就悄悄走开了。只有两个人好像懂这支曲子，一个是玛丽·简自己，她的双手在键板上快速移动，要不然就在停止处高举起来，有如女祭司在作法降灾时那一刹那的动作，另外一个是站在她肘边翻乐谱的凯特阿姨。

加布里埃尔觉得那打了蜡被大吊灯照得闪闪发光的地板怪刺眼的，就踱到放钢琴的墙边去。那里挂了一幅画，画的是《罗密欧与朱丽叶》楼台会；旁边挂的一幅画上画了二王子在塔楼里遇刺的故事，那是朱莉娅少女时代用红、蓝、棕三色线做出的。大约她们少女时就读的学校都教这玩意儿，因为有一年他母亲替他做过一件紫绒背心当生日礼物，上面有些小狐狸头，以棕色缎子做衬里，配紫红色圆扣。说来奇怪，尽管凯特阿姨总说他母亲是莫肯家最有书香气息的，但她却没有音乐天赋。她跟朱莉娅都一向颇以她们这位严肃的大姐为荣。她的遗像就搁在大镜子前面。她拿着一本书在膝上摊开，用手指着其中一处给穿水手装躺在她脚旁的康斯坦丁看。替几个儿子取名字的是她，因为她很看重家风。多亏了她，康斯坦丁如今做了包伯林根的资深牧师，也多亏了她，加布里埃尔得了皇家大学的学位。他想起她有次沉着脸反对他的婚姻，脸上就掠过一丝阴影。她常说的几句瞧不起人的话，仍在他的记忆里隐隐作痛。有一回她说葛莉塔是个乡下俏姑娘，压根儿就不是那么回事。她晚年长期卧病于他们芒克顿的家里，照顾她的可是葛莉塔。

他知道玛丽·简快弹完她那首曲子了，因为她又弹起开始的旋律，在每小节后面奏出快头的音阶，而就在他等它结束之际，心头的愤懑之情已经平息了下去。这支曲子结束的地方，有一段高音部八度颤奏，及一段低音部八度终奏。玛丽·简飞红着脸激动地卷起乐谱，在大大的鼓掌声中逃离了房间。鼓掌顶起劲儿的，正是站在门口的那四个年轻人，他们在此曲初奏时溜到休息室去，却在琴音停止时赶了回来。

方块舞安排好了。加布里埃尔凑巧跟艾服小姐搭档。她是个直率健谈的青年女子，有张雀斑脸，长一对大大的棕色眼睛。她没穿低胸装，领口别了一枚上面有爱尔兰饰纹的大胸针。

他们各就各位后，她突然说：

“我有句话要问你。”

“问我？”加布里埃尔说。

她郑重其事地点点头。

“什么事？”加布里埃尔望着她那正经的模样微笑着说。

“G.C. 是谁？”艾服小姐把目光转向他说。

加布里埃尔脸上为难起来，正要皱起眉头假装不得要领时，她又不客气地说：

“噢，好个天真无邪的小姑娘啊！我已经知道了，你在替《快讯日报》写文章。你说，你难道不以为羞耻吗？”

“我干吗要引以为羞？”加布里埃尔眨巴着眼睛反问，想挤出些笑容来。

“老实说吧，我以你为耻，”艾服小姐坦白地说，“你竟替这样一家报纸写文章。想不到你是个假英国鬼子。”

加布里埃尔一脸大惑不解的神色。不错，他每星期三给《快讯日报》写一篇文字专栏，为此赚十五个先令，可是他不至于就这样变成假英国鬼子呀。那张小额支票不足道，更让他乐于接受的，倒是那些寄给他供评论的书。他喜欢抚摩书的封面，喜欢翻开新出版的书页。几乎每一天，他在学院下了课，总由码头逛到旧书店，比如到巴奇勒大街上的惜吉书店，到艾斯顿码头的魏伯书店或马赛书店，或到那条小巷子里的奥克罗希塞书店。她的责难使他无言以对。他想要说，文学超然于政治之上。可是他们是多年交情的老朋友，而且在事业上又是同道，先在同一所大学读书，后来又在一起教书：他可不肯拿一句冠冕堂皇的话来开罪她，只好一直眨着他的眼睛，设法挤出笑容，同时喃喃地说，在他看来，写写书评并没有什么政治色彩。

等轮到他们互相交叉的时候，他还是那么困惑而心不在焉。艾服小姐一把抓住他的手，并用友善的口气说：

“当然啰，我不过是跟你说着玩。来，我们现在该绕过去了。”

等他们又碰在一起，她说到那个大学问题[1]，加布里埃尔觉得自在些了。她有位朋友给她看他评勃朗宁的诗的文章。她是因此发现了这个秘密的，不过她非常喜欢那篇评论。然后她突然说：

“噢，康罗伊先生，今夏你可愿去亚伦群岛远游？我们要去那儿住一个月。在大西洋外海，一定很有意思。你应该来。克兰西先生要来，还有吉凯里先生和凯瑟玲·济尔尼。要是葛莉塔也来，她一定也觉得很有意思。她是从康奈其来的，是不是？”

“她父母是那里的。”加布里埃尔简洁地回答。

“但是你一定会来，对吗？”说着，艾服小姐将自己温暖的手按在他的手臂上。

“事实上，”加布里埃尔说，“我已经安排好了要去——”

“去哪儿？”艾服小姐问。

“嗯，你知道，每年我都要跟几位同事做一次巡回旅行，因此——”

“但是去哪儿？”艾服小姐问。

“嗯，我们通常去法国、比利时或者德国。”加布里埃尔别别扭扭地说。

“你干吗要去法国和比利时，”艾服小姐说，“倒不去看看你自己的故乡？”

“那是，”加布里埃尔说，“一则接触接触外国话，再则调剂一下。”

“难道就不跟你自己的语言——爱尔兰语——接触一下？”艾服小姐问。

“这个，”加布里埃尔说，“说起来嘛，你知道，爱尔兰语并不是我的本国语。”

他们旁边的人都转过头来听这一番诘问。加布里埃尔不安地左顾右盼，

1　指当时都柏林各大学致力于将公平机会给予天主教学生的事情。

设法在难堪的情形下保持他平常那份风趣，可是脸上的红潮已到了额际。

“而且也不去看看你自己的故乡，”艾服小姐不罢休地追问，“那是你一无所知的，你自己的同胞，以及你自己的国家？”

“啊，老实给你讲了吧，”加布里埃尔突然反驳说，“我厌恶自己的国家，厌恶之极！”

“为什么呢？”艾服小姐问。

加布里埃尔没回答，因为他说完那句话就激动起来了。

“为什么？”艾服小姐又问。

他们得一块儿做花式巡队，由于他没回答她，艾服小姐就亲切地说：

“这不怪你，你没答案嘛。”

加布里埃尔想要尽量掩饰他那份激动，于是分外起劲儿地跳着那支舞。他避开她的目光，因为已看到她脸上有一丝不悦的神色。然而等他们在长长的连锁队伍中相遇时，他讶异地感觉到，他的手被重重地按住。她以询问的目光低眉凝视了他一会儿，直到他微笑起来。然后，就在舞队快要再开始时，她踮起脚来，咬着他的耳朵说：

“假英国鬼子！”

等方块舞跳过了，加布里埃尔走到房间的一个僻远角落见到了弗瑞迪·马林斯的母亲坐在那里。她是个肥胖虚弱的老妇，一头白发。她说话的声音里有一种哽咽，一如她儿子，而且有微微的口吃。加布里埃尔告诉她弗瑞迪来了，而且好像不要紧。加布里埃尔问她，她渡海过来可还顺利。她跟着嫁出去的女儿住在格拉斯哥，每年一次到都柏林来看看。她平静地回答说这一次渡海可真棒，那位船长对她照顾备至。她也讲到她女儿在格拉斯哥买的那座漂亮房子，以及他们在那边认识的一些好朋友。听着她结巴地说下去，加布里埃尔就尽量从心中除去他跟艾服小姐之间不快之事的记忆。这个女孩或女人，不管她是谁，固然是个狂热分子，但当时实在没有什么是不可以谈的。或许他不该那样回答她。可是她更不该当着大家的面叫他假英国鬼子，纵然那是开玩笑。她存心让他在别人面前出丑，一边奚落他，一边用她那双兔子似的眼睛瞪着他。

他看见他妻子挤过一对对跳华尔兹舞的男女向他走过来。她走到他身旁就凑着他的耳朵说：

“加布里埃尔，凯特阿姨问你，你要不要照以往那样负责切鹅肉。黛蕾小姐切火腿，我负责布丁。”

“好的。”加布里埃尔说。

“等这支华尔兹一完，她就先把小孩子都打发进去，那我们就可以用那张桌子了。”

“你跳舞了吗？”加布里埃尔问。

“当然跳啦。你难道没见到我吗？你跟毛利·艾服争论些什么？”

“没什么。干吗这样问？她跟你这么说吗？”

“差不多。我要去请达西先生出来唱歌。他很自负的，我想。”

“真的没什么，”加布里埃尔闷闷地说，“只是她要我到爱尔兰西岸去旅行，而我说不想去。”他妻子兴奋地拍起掌来，而且轻轻地跳了一下。

“噢，去嘛，加布里埃尔，”她叫道，“我想再去看看迦尔威。”

“你爱去尽管去。”加布里埃尔冷冷地说。

她望了他一会儿，然后转向马林斯夫人，说：

“马林斯夫人，我把这个体贴的丈夫留给你了。”

在葛莉塔穿过人堆走回房间时，这边马林斯夫人并没注意到谈话中断过了，她继续对加布里埃尔说苏格兰有哪些风景优美的地方。她的女婿年年带他们上湖边去，而且常去钓鱼。她女婿是个垂钓高手。有天他钓上了一条既大又漂亮的鱼，就请旅社里的人煮了当晚餐。

加布里埃尔几乎听不进她在说什么。现在晚餐快到了，他又开始想到他的演讲以及那段引诗。等他看见弗瑞迪·马林斯走过房间要来看他母亲，加布里埃尔就把椅子让出来给他，自己退到窗台那里。房间已经空了出来，并有盘碟刀叉的声音从后面房间传过来。还留在客厅里的那些人似乎都跳累了，在那儿三五成群地悄悄谈天。加布里埃尔用暖和的颤抖着的手指去摸摸那冰凉的窗玻璃。外面该有多凉快啊！独自去散步该多爽快！先沿着河边，然后经过凤凰公园，树枝上积着白雪，威灵顿铜头上像戴了顶雪白的帽子。到那里去该比坐在餐桌旁边爽快多了！

他浏览一下演讲的提纲：爱尔兰人的好客之道，悲伤的旧事，三位恩惠女神，巴黎，选自勃朗宁的一段诗。他在心里反复念一句他写在书评上的话："我们觉得读他的诗时所听到的，是一首充满了激荡思想的乐曲。"艾服小姐称赞这篇评论。她是由衷的吗？除了她那些宣传说辞以外，她究竟有没有自己的生活？在那晚以前，他们之间从未有过不愉快的感觉。一想到她要跟他同桌进餐，在他演说时用她那双批评质询的眼睛向上望着他，他就气馁了。她见他的演说有了差错，或许不会难过吧。他心里忽然起了个念头，因而有了勇气。他引凯特阿姨和朱莉娅阿姨的说法，说："女士们，先生们，我们眼看着在衰微下去的那一代固然有种种的缺点，然而我以为，他们的一些品质如好客、风趣、厚道，在我看来是那正在我们眼前茁壮起来的新一代所没有的，尽管他们很认真，而且受过极高的教育。"很好！正好适合艾服小姐。至于说他的两位阿姨只不过是两个无知老妇，他又何必放在心上？

室内一阵喃喃声引起了他的注意。布朗先生从门口走进来，殷勤地陪伴着朱莉娅阿姨，她则倚在他的胳膊上俯首微笑。同时护着她的，还有一阵此起彼落的掌声，直把她送到钢琴那里，这时玛丽·简坐到琴椅上，而朱莉娅阿姨则收敛起微笑，把身子半转过来好把她的歌声充分投向那渐渐安静下来的房间。加布里埃尔听出了那段序曲。那是朱莉娅阿姨爱唱的一支老歌——《为新郎打扮》。她的歌喉音色强而清晰，精神十足地对付这曲子里的那些装饰性的快节奏。她唱得固然很疾速，可连最小的装饰音都没唱走板。不去看那唱的人的脸，只跟着歌声听去，就可以由感觉上分享到高速安稳飞行的那种兴奋。此曲终了，加布里埃尔跟所有人一齐大声喝彩，而从看不见的餐桌那儿也传来了喝彩声。这听来如此真挚感人，以至于朱莉娅阿姨的脸上也飞出了一丝红晕，她忙弯下身去，把那本皮装封面上刻有她名字缩写的歌本放回到乐谱架上。弗瑞迪·马林斯原先侧着脑袋在细听她唱，这会儿一边没完没了地喝彩，一边起劲儿地跟他母亲说话，她则庄重缓慢地颔首以表同感。末了，他不再鼓掌，霍地站了起来，冲过房间，用他的双手握住朱莉娅阿姨的一只手，但因为一时找不到适当的话来说，也因为他声音里带着的哽咽把他的话塞住了，只好握着它摇着。

“我才跟我妈说，”他说，“我从没听你唱得这么好，真的。没错，我从没听见你的歌喉像今晚这么好。怎么样，你现在肯不肯相信？那是真心话。相信我，名誉担保，千真万确。我从没听你唱得这么清新，又这么……这么清晰而清新，真的。”

朱莉娅阿姨开朗地微笑起来，低低说些承蒙夸奖的话，一边从他的手中抽出她的手来。布朗先生朝她那边伸出一只大手，摆出一副节目主持人向听众介绍神童的气派，跟他身边的那些人说：

“朱莉娅·莫肯小姐是我最新的一大发现！”

他说了这话，就自顾自地开心大笑起来，这时弗瑞迪·马林斯转过来向他说：

“嗨，布朗，假如你这话能当真，那你恐怕是看走了眼。我所能说的仅仅是，自从我来了这里，从没听她唱得有这一半好，那才是诚实的真话。”

“我也不假，”布朗先生说，“我认为她的歌喉大有进步。”

朱莉娅阿姨耸耸肩膀，带着淡淡的骄傲说：

“论歌喉我三十年前就不算坏。”

“我常跟朱莉娅说，”凯特阿姨大做文章地说，“她在那个诗班里简直糟透了，可惜她从不听我一句。”

她仿佛在指责一个不听话的孩子，扭过头来求助于其他人的良知，而朱莉娅阿姨则凝望着前面，一抹隐隐的缅怀往日的微笑在她脸上飘忽。

“哼，”凯特阿姨又说下去，“她不肯听人说，也不开窍，日日夜夜，日日夜夜替那个诗班做苦工。圣诞节一大早六点钟就开始做工，到底为了什么？”

“说起来，凯特阿姨，那岂不是为了荣耀神吗？”玛丽·简在琴椅上扭着身子微笑着问。

凯特阿姨凶凶地扭头向她侄女说：

“荣耀神的事我可全都懂，玛丽·简，但是我想，教皇把那些一辈子耗在诗班的妇女赶出去，让那些不知天高地厚的小男孩踩在她们头上，那可算不得什么荣耀。我想教皇这么做是为了教会好。但这不公平，玛丽·简，这不对。”

她越说越激昂，因为这是她的不平之处，大有为妹妹再辩护下去的意思，但玛丽·简一看跳方块舞的人要回来了，就委婉地打断了她：

“好了，凯特阿姨，布朗先生可是不同主张的人，你可不要中伤他。”

凯特阿姨转过来向着布朗先生，看他听到这句暗指他所信宗教的话而咧嘴笑着，急忙说：

“噢，我不怀疑教皇的公正。我不过是个愚蠢的老妇，我不会佞妄到这个地步，但是普通日常的礼遇和感恩是应该有的。要是我是朱莉娅，我会毫不客气地去跟希利神父说……”

“还有呢，凯特阿姨，”玛丽·简说，“我们真的全都饿了，而在人饿的时候呢，火气就特别大。”

“而在人渴的时候呢，火气也特别大。”布朗先生说。

“那我们最好去吃晚餐吧，”凯特阿姨说，“回头再来论个明白。”

加布里埃尔在客厅外面的楼梯口看到他妻子跟玛丽·简力劝艾服小姐留下来吃晚餐。可是艾服小姐不肯留下，她早已戴上了帽子，正在扣斗篷。她一点也不觉得饿，况且已经过了她该走的时间了。

“不过十分钟嘛，毛利，”康罗伊夫人说，“那误不了你的。”

“稍稍吃一点嘛，跳了那么多舞。”玛丽·简说。

“我真的吃不下。”艾服小姐说。

“我怕你玩得不尽兴吧。”玛丽·简无奈地说。

“尽兴得很，说真话，”艾服小姐说，“你们可一定得放我走了。”

“可是你怎么回家呢？”康罗伊夫人问。

“噢，那不过是在码头上多走几步路而已。”

加布里埃尔迟疑了一会儿，说：

“艾服小姐，如果你不嫌弃的话，假如你真的非走不可，我送你回家。”

但是艾服小姐挣脱了他们的挽留。

“别再说了，”她叫道，“看在老天的面上，请进去吃你们的晚餐吧，别管我。我能照顾自己的。”

“朱莉娅，你可真是个淘气的女孩。”康罗伊夫人坦率地说。

“再见了。”艾服小姐喊道，之后带着笑声奔下楼去。

玛丽·简目送她离去，她脸上现出一种闷闷的迷惑神色，康罗伊夫人则靠在栏杆上细听大门的开关声。加布里埃尔自问，她这么突兀地离去，是否因他之故。不过她似乎没什么不高兴，她是笑着离开的。他茫茫然望着楼梯下面。

这时凯特阿姨慌慌忙忙地走出餐室，几乎绝望地绞着她的手。

“加布里埃尔在哪儿？”她叫道，“加布里埃尔到底在哪儿？大家都等在那里，只待开动，竟没有人来切鹅肉！”

“我在这儿，凯特阿姨！”加布里埃尔叫道，突然活跃起来，大有虽千万鹅吾往矣的气概。

一只棕色大肥鹅躺在桌子的一头，而另一头在一层撒满了荷兰芹碎叶的绉纸上放了一大块火腿，已剥去外皮，遍撒面包碎屑，一张干净的纸饰围起胫骨。这旁边又是一大片加料的牛腿肉。在这些美食上排上一溜小菜：两小叠堆成塔状的果冻，一红一黄；一浅盘凉乳胶加红果酱，一只连梗绿叶大盘，上面放了成团的紫葡萄及去皮杏仁。一只同式盘上放着堆成实心长方形的士每拿无花果，一盘上面撒碎肉豆蔻的软糕，一小碗满满的巧克力及用金银纸包起的糖果，还有一只玻璃瓶，里面立着一些长长的芹菜梗子。在桌子中央放着的，是两支胖肚子老式水晶玻璃瓶，一瓶盛着白葡萄酒，一瓶盛着红葡萄酒，像两名卫兵守着一只果盘，上头有叠成金字塔状的蜜柑与美国苹果。在那合起的方形钢琴上面，搁着一海盘等人来分的布丁，在这后面是三组瓶子，分别盛着黑啤酒、啤酒与矿泉水，按它们穿的制服排列，前二排黑瓶有棕色及红色的标签，第三排是白色小队，佩戴着交叉式绿绶带。

加布里埃尔大大方方地落座于这张桌子的一端，看了看刀刃，就一叉子稳稳地插入鹅身。他现在觉得挺自在了，因为他是切鹅专家，而且最乐意坐在一张佳肴罗列的膳桌的正前方。

“富隆小姐，你要什么？”他问，“一只鹅翅膀，还是一片鹅胸肉？”

“只要一小片鹅胸肉。”

“希金斯小姐，你呢？”

“噢，康罗伊先生，什么都行。”

就在加布里埃尔与黛蕾小姐交换一盘盘鹅肉与火腿及加料牛肉之际，莉莉手上端着一盘用白餐巾裹着的热洋芋，从一位宾客送到另一位宾客那里。这是玛丽·简的主意，她也建议用苹果酱来配鹅肉，然而凯特阿姨说，她觉得烤鹅清吃而不配苹果酱本来就够好吃的了，所以不希望弄巧成拙。玛丽·简伺候她的那些学生，总把最好的肉片分给他们，凯特阿姨跟朱莉娅阿姨从钢琴上拿瓶子过来打开，男士喝黑啤酒及啤酒，女士喝矿泉水。席间一片笑语喧哗，有吩咐声与答应声，有刀叉碰撞声，有软木瓶及玻璃瓶瓶盖的开启声。加布里埃尔刚切完了第一轮，还来不及让自己吃一口，就又开始切第二轮了。每个人都大声抗议为他抱不平，他只好顺应舆情，喝了一大口黑啤酒，原来他切鹅肉切得浑身发热了。玛丽·简不作声地坐下来吃她的晚餐，但是凯特阿姨跟朱莉娅阿姨仍在绕着桌子团团转，或者后脚跟着前踵，或者彼此挡了大驾，或向对方发些没人奉行的吩咐。布朗先生恳求她俩坐下来吃她们的晚餐，加布里埃尔也这样求，但她们说，时间多的是，末了，弗瑞迪·马林斯站了起来，一把逮住凯特阿姨，把她按坐到她的椅子上，引起哄堂大笑。

等到大家都被加布里埃尔好好伺候过了，他微笑着说：

“现在，假如有人还要来上一点粗汉所说的鹅肚子里的料，不论女士还是先生，都请开口。”

大家异口同声请他开始自己用晚餐，莉莉走过来，给了他三个替他留着的洋芋。

“好极了，”加布里埃尔和蔼地说，同时又喝了口啤酒来开胃，“各位女士先生，请暂时把我置诸脑后吧。”他吃起晚餐来，不参与大家的谈天，只听见他们的谈话声与莉莉撤除盘碟之声交织在席上。大家谈的是当时在皇家戏院驻演的歌剧团。男中音巴泰尔·达西先生这位有一撇潇洒胡子的深肤色年轻人，十分称道这个团里的首席女低音，但富隆小姐则以为，她的演出风格相当粗俗。弗瑞迪·马林斯说欢乐戏院哑剧第二部有个黑人酋长唱歌，他那男中音是他平生所闻之最佳者。

“你听他唱过吗？”他隔着桌子问巴泰尔·达西先生。

“没有。”达西先生漫不经心地答复。

“因为，”弗瑞迪解释说，“我很想听听你对他的看法。我认为他的歌喉真了不起。”

“真正的好东西，不等泰迪来赏识。”布朗先生亲热地向一桌人说。

“他为什么不该有一副好嗓子呢？”弗瑞迪·马林斯愤愤地问，“难道就为了他是个黑人？”

没人来回答他这一问题，于是玛丽·简又把大家的话题带回到正统歌剧上去。她的一位学生曾经让她凭招待券看过一场《迷娘》。它当然很精彩，她说，但却使她想起差劲儿的乔治娜·明斯。布朗先生说到更远的事，他讲起从前那些常来都柏林的意大利剧团。在那些日子里，他说，在都柏林才听得到近乎歌唱的东西。他也讲到，从前的皇家戏院的头等包厢夜夜满座，又说有个晚上一位意大利男中音唱了《让我像名士兵那样倒下》，而且应听众热烈要求又唱了五次，而每次都以高音 C 开始，又说歌迷少年往往出于热心把一位女主角座车的马卸了，自己拉车过大街，送她返回旅馆。他们如今怎么不演那些华丽的老歌剧（如《狄诺拉》《鲁克里齐亚》《波尔吉亚》）了？他问。就因为他们找不到唱它们的歌喉，原因在此。

“噢，这个嘛，”巴泰尔·达西先生说，“我倒以为今天也有好的歌手，和过去一样。”

“他们在哪儿？”布朗先生不以为然地问。

“在伦敦、巴黎、米兰，”巴泰尔·达西先生热烈地说，“举例说吧，我想卡罗素纵然不比你提到的那些更好，但也一样好。”

“可以这样说，”布朗先生说，“但我不妨老实相告，我很怀疑。”

“噢，我愿花任何代价来听卡罗素唱一场。”玛丽·简说。

“至于我，”凯特阿姨说，她正在剔一根骨头，“男中音只有一位。我是说，我爱听的。可是我猜想你们都没听说过他。”

“莫肯小姐，他是谁呀？”巴泰尔·达西先生礼貌地问。

“他名叫，”凯特阿姨说，“巴京生。我听到他的时候，他已是中年了，我认为他那时候的男中音最纯美了，真想不到男人喉咙里有这样的美妙声音。”

“怪了，”巴泰尔·达西先生说，“我就从没听说过他。”

“没错，没错，莫肯小姐说得对，”布朗先生说，“我记得听老巴京生唱过，只是他太老派了，不合我的胃口。”

“纯美甜熟而圆融的英国男中音。”凯特阿姨心向往之地说。

加布里埃尔吃完了，海盘布丁传到了桌上。餐叉与调匙的碰撞声响又开始了。加布里埃尔的妻子将一匙匙布丁舀出来，再将盘子传下桌子。传到中途，由玛丽·简截住，再添上覆盆子或蜜柑果冻或凉乳胶加红果酱。布丁是朱莉娅阿姨的杰作，大家吃了都赞不绝口。她自己则说，实在够不上布朗的水平。

“那么，莫肯小姐，”布朗先生说，“你认为我够‘布朗’了吧，因为，大家知道，我是彻头彻尾的‘布朗’。”

除加布里埃尔以外，所有的男士都出于对朱莉娅阿姨表示称赞之意而吃了布丁。加布里埃尔是从不吃甜食的，芹菜就留给了他。弗瑞迪·马林斯也拿了一支芹菜梗配着布丁吃。他曾听人说过，芹菜是对血压最好的东西，而他那时刚好在医生的照顾之下。晚餐当中始终没开腔的马林斯夫人说，她儿子过一两星期就要去麦勒雷山。席间话题就转到麦勒雷山，说那里的空气多清新爽神，修道院的修士多好客，而且从不向客人要一文钱。

“你的意思是说，”布朗先生半信半疑地说，“无论是谁都可以到那里去，把它当旅馆来住，大吃大喝，然后拍拍屁股一走了之？”

“噢，大多数人到那儿去住都要奉献些钱给修道院。”

“但愿我们教会里也有这样一个机构才好。”布朗先生老实地说。

有人说，那些修士从不说话，凌晨两点就起来，而且睡在自己的棺材里，他感到奇怪极了。他问他们干吗要这样。

“那是修士们的规矩呀。”凯特阿姨肯定地说。

“对，但为什么呢？”布朗先生问。

凯特阿姨还是说那是规矩，就这么回事。布朗先生好像还不开窍。弗瑞迪·马林斯尽自己所能向他解释，说那些修士设法替全世界的罪人赎罪。这一解释并不够明白，因为布朗先生咧嘴笑着说：

“这个主意我非常赞成，可是对他们来说，一张舒服的弹簧床岂不跟一口棺材一样管用？”

“那棺材，”玛丽·简说，“是要提醒他们，他们终究是要死的。”

这话题由于变得荒诞不经也就被席间的一片缄默掩埋了起来，期间只听得见马林斯夫人用含糊的声音向邻座小声说：

“他们都是很好的人，这些修士都非常虔诚。”

现在，葡萄干、杏仁、无花果、苹果、蜜柑及巧克力糖果在席上传递，朱莉娅阿姨则劝所有来客都喝一点白葡萄酒或红葡萄酒。巴泰尔·达西先生起先什么都不要，但是他的一位邻座用手轻轻推了他一下，并跟他附耳说了句什么话，他就让人把他的杯子倒满了。在倒最后几杯酒的时候，谈话渐渐停了下来。接着有一阵冷场，只有喝酒声及椅子的挪移声打破沉寂。三位莫肯家的小姐都低头看着桌布。有人轻咳了一两声，然后有位男士轻轻拍着桌子，当作要大家保持静默的信号。大家果然静了下来，加布里埃尔就推开椅子站起身来。

那拍桌子的声音马上响亮起来以示鼓励，随即全都停止。加布里埃尔把他十根颤抖的手指按在桌布上，并紧张地向在座的人微笑。他的目光刚接触到一整排仰起来的面庞，就赶快往上去看那盏大吊灯。钢琴正奏着一支华尔兹，他听见裙袂擦过客厅门板的声响。外面码头上的雪地里，说不定有人站在那儿向上凝望那些亮着灯光的窗户，并倾听华尔兹的乐音。那里的空气清纯，远处是一片公园，那里的树木都被积雪压弯了腰。威灵顿铜像戴了一顶发光的雪帽，向着西边闪耀在十五英亩的白色原野上面。

他开始了：

“各位女士、先生，

“今晚，一如过去几年，我又要奉主人之命来做一件很愉快的事，但是，我没有演说家的本领，而且学疏才浅，只怕不能胜任。”

“哪里的话！”布朗先生说。

“但无论如何，我要请各位今晚尽可能忍耐几分钟，不妨听一听，我所说的个人对于这个场合的种种感受。

“各位女士、先生。

我们大家接受主人的好客款待，围坐在这张好客的桌子边已不是第一次了。我们做这几位善良女士盛情款待的上宾——或者不如说是“受害人”来得更加恰当——也不是第一次了。”

他用手臂在半空画了个圈圈，然后停顿下来。大家全都冲着凯特阿姨和朱莉娅阿姨及玛丽·简微笑，弄得她们高兴得全都满脸通红起来。加布里埃尔就更加放胆地往下说：

“每过一年，我就越发觉得，在我国的传统里，最使大家有面子也最值得发扬光大的，就是这种以诚待客的风俗。以我个人的经验，在世界各国当中（我曾经去过不少国外地方），这是个难能可贵的传统。说不定也有人会说这可不是什么值得夸口的事情，反而是咱们同胞的一个短处。但是，就算它是短处，那在我的心目中它仍然是高尚的，而且我相信它必会长远流传下去。有一件事情，我至少是有把握的。只要上面所说的这几位善良的女士健在无恙——而且我由衷地希望她们岁岁年年福寿无疆——那么，这一诚恳、热心而体贴的爱尔兰好客传统，就仍然活在我们中间，这本来是我们祖先传给我们的，我们也就必须将它传给我们的后代。”

一片表示赞同的热烈喃喃声传过桌沿。加布里埃尔心中突然想起，艾服小姐不在座，又想起她已经失礼地离开了，于是就满怀信心地说：

“各位女士、先生，

“新的一代在我们中间茁壮成长起来，新的一代受到种种新观念与新思想的刺激。他们都是严肃而热心的，因为这些新观念及他们的热心态度，纵使有受到误导的时候，我相信大抵也是诚实的。然而我们生活在一个怀疑的时代，甚至可以说，生活在一个思想激荡的时代：所以我常常担心，这新的一代固然接受了一般的甚至高等的教育，也未必会有过去的那些道德品质，如厚道、好客与风趣。今晚听到有人提起往昔那些伟大歌手的名字，我就觉得我们如今生活在一个比较狭隘的时代里，而这是毋庸置疑的。毫不夸大其词地说，从前那些日子可以说是心胸开阔的时代：如果这些日子已经一去不复返，那我们至少也应该怀抱希望，在这样的聚会里我们仍然会本着骄傲与敬爱之情来说它们，而且仍然会在我们心中追怀那些往昔的伟人，他们虽然都是古人，世人可不情愿忘记他们的名字。”

“说得好！”布朗先生大声地说。

“还有呢，”加布里埃尔说下去，他的语音忽然变得柔和些了，“在这样的聚会里，有些比较悲伤的思念也会一再出现于我们心中：如对过去、少年时代、各种变迁的思念，以及对今天不在座的那些人的思念。我们的生命之路布满了这一类的悲伤记忆：要是我们始终沉湎其中而无法释怀，我们恐怕没有勇气往前走，没法在活人中间过日子了。我们全都有生活的责任，也全都有生活的情爱，而这些莫不需要——而且是正当的需要——我们全心全意地努力。

“因此，我绝不流连过去。我绝不让任何死气沉沉的说教来扫我们今晚的兴致。我们现在相聚一堂，暂时摆脱了日常刻板生活的忙碌。我们有如朋友那样聚在这里，抱着同事那样的好伙伴的精神，而且就某种程度来说，抱着真正的合作精神，就仿佛我们都是——我该怎么来说才好？——都柏林音乐界三司女神的嘉宾。”

听到这一句妙喻，满桌爆出赞美的笑语。朱莉娅阿姨忙轮流向她的左右邻座请教加布里埃尔到底在说什么，却不得要领。

“朱莉娅阿姨，他说我们是‘三司女神’。”玛丽·简说。

朱莉娅阿姨没领会意思，只一味微笑着仰望加布里埃尔，听他用同样的气势往下说：

“各位女士、先生，

“今晚我无意来扮演从前巴力斯在另外一个场合扮演过的角色。我不打算从她们当中选哪一位出来。那份差事恐怕是吃力不讨好的，也恐怕是我力所不及。因为在我轮流看她们的时候，我心里就嘀咕起来，第一位是咱们今晚的第一女主人，她的心地善良得不得了，凡是认识她的人全都知道；其次是她的妹妹，她驻春不老，而她的歌喉，不但使今晚在座的人都大感意外，而且蕴含了颇多启示；最后但同样重要的一位，我想到我们最年轻的女主人，那么才华横溢、爽朗、勤奋，远胜过我这个侄儿，我不得不向各位女士、先生坦言，我真不知道该把奖品颁给她们当中的哪一位才好。”

加布里埃尔低头瞧了他两位阿姨一眼，看到朱莉娅阿姨脸上挂着茫然的微笑，而凯特阿姨眼中噙着泪水，就赶快讲他的结论。他殷勤地把他那杯葡萄酒举起来，而在座的每一位都如约拿起杯子，他才大声地说：

“让我们一起来敬她们三位。让我们祝她们健康、发财、长寿、幸福与发达，并愿她们长久拥有从专业上挣来的值得骄傲的地位，以及摆在我们心里的那个既光彩又值得敬爱的地位。”

全体宾客都站了起来，手握杯子，并且转向那三位端坐的女士，异口同声地在布朗先生领头之下唱道：

因为他们真是快活爽朗的好人，
因为他们真是快活爽朗的好人，
因为他们真是快活爽朗的好人，
这是人尽皆知的事。

凯特阿姨大方地把手绢拿出来用了，连朱莉娅阿姨看上去都十分感动。弗瑞迪·马林斯用手上的布丁叉敲着节拍，唱歌的人则转过身子一一相对，就如音乐节上的表演，一边打起中气来唱道：

除非他不说真话，
除非他不说真话。

然后，又转过来向着他们的三位女主人，他们唱道：

因为他们真是快活爽朗的好人，
因为他们真是快活爽朗的好人，
因为他们真是快活爽朗的好人，
这是人所共知的事。

紧接着传来一片鼓掌声，由晚餐间传出去，有好几位别的来客接下，一次又一次地反复，弗瑞迪·马林斯则高举着叉子权充指挥。

刺骨的晨风吹到他们站着的大厅里，因此凯特阿姨说：

“劳驾哪位把门关上，马林斯夫人会给冻死了。”

“凯特阿姨，布朗在外头。”玛丽·简说。

“布朗无所不在。”凯特阿姨压低了嗓门儿说。

玛丽·简听了她讲话的语气就笑了起来。

“真的，”她顽皮地说，“他实在是殷勤。”

“他就像气体那样散布在这里，”凯特阿姨用同样的语气说，“在整个圣诞节期间无所不在。”

这一回她自己爽快地笑了，接着马上补充说：

“玛丽·简，请他进来吧，并请关上大门。但愿老天没让他听见我说的话。”

这时大厅门开了，布朗先生从门口走进来，一路笑个不停。他身上穿件高仿羔皮衣领、衣袖的绿色长大衣，头上戴一顶椭圆毛皮帽。他用手指着那白雪覆盖的码头，从那儿传过来拖得长长的尖锐汽笛声。

“泰迪会把都柏林的所有出租马车都叫出来。”他说。

加布里埃尔从写字间后面的衣帽间走出来，一边胡乱穿着大衣，一边向大厅里四下瞧着，说道：

“葛莉塔还没下楼来？”

“她正在收拾她的东西，加布里埃尔。”凯特阿姨说。

“谁在楼上弹琴？”加布里埃尔问。

“没有啊。他们全都走了。”

“凯特阿姨，不对，”玛丽·简说，“巴泰尔·达西跟奥考拉汉小姐还没走呢。”

“反正有什么人在拨弄钢琴就是了。”加布里埃尔说。

玛丽·简瞧了加布里埃尔跟布朗先生一眼，就抖着身子说：

“光看你们两位男士裹成那样，让我也觉得冷起来了。真不忍心看你们在这时候回家。”

“这一刻我最喜欢的事情，”布朗先生稳重地说，“莫过于在乡间好好走上一阵，或者赶着一匹好马驾一阵快车。”

“以前我们家有匹很好的马跟双轮马车。”朱莉娅阿姨伤感地说。

“那永远令人难忘的钱宁。”玛丽·简笑着说。

凯特阿姨跟加布里埃尔也笑了起来。

“哦，那钱宁到底怎么个好法呢？”布朗先生问。

“先说我们的先祖父派崔克·莫肯，”加布里埃尔说，“他晚年颇有绅士之风，但实际上是煮糨糊的。”

“噢，得了，加布里埃尔哪，”凯特阿姨笑着说，“他有一座淀粉作坊。”

“反正不是糨糊就是淀粉，”加布里埃尔说，“这位老先生有匹名叫钱宁的马。钱宁平日在老先生的磨坊做工，一圈一圈走着赶磨。一切都挺顺利，哪知道钱宁命中有难。有个大好天，这位老先生兴致来了，要体体面面地赶车出去，到公园看阅兵。”

“愿主怜悯他的灵魂”。凯特阿姨同情地说。

“阿门，”加布里埃尔说，“于是这位老先生，我方才说了，把钱宁套上了车，戴上他顶好的高帽跟顶好的硬领，就大模大样地赶车出门了，我想，是从黑胡同附近他那座祖传的大宅吧。”

见加布里埃尔这么说，每个人都笑了，连马林斯夫人也在内，而凯特阿姨说：

“别逗了，他可并不住在黑胡同。只有磨坊在那儿。”

“从他祖先留下来的那座大宅出发，”加布里埃尔往下说，“他一路赶着钱宁。一路也都顺当得很，但等到钱宁看见了贝利王的雕像，可就出了问题。也许他爱上了贝利王的坐骑，也许他以为又回到了磨坊，反正一句话，他就绕着那座铜像转了起来。”

加布里埃尔脚上穿了他那双套鞋，在众人的笑声中绕着大厅踱着圈子。

“他一圈又一圈地走着，”加布里埃尔说，“于是那位老先生，那位装模作样的老先生可真恼羞成怒了。‘老兄，往前走，老兄，你这是干吗？钱宁！钱宁！实在要不得！真不懂这畜生！’”

加布里埃尔边说边做，惹得大家笑成一堆，这时，厅门上一阵响亮的叩门声打断了他。玛丽·简跑去开门，放弗瑞迪·马林斯进来。弗瑞迪·马林斯把帽子远远推在脑后，冷得收腰缩肩，头上因为跑了一阵子而喷冒着白气。

“我只找到一辆马车。”他说。

“噢，我们沿着码头再找吧。”加布里埃尔说。

“正是，”凯特阿姨说，“可别叫马林斯夫人老在风口里站着。”

马林斯夫人由她儿子跟布朗先生搀着走下门前台阶，然后，费了不少功夫才登上了车。弗瑞迪·马林斯跟着往上爬，折腾了好一会儿，才把她安顿在座位上，布朗先生则在一旁叮咛着。她总算坐安稳了，弗瑞迪·马林斯又请布朗先生上车。彼此推让了一番，布朗先生这才进了车。赶车的把毛毯在他膝盖上铺好，就弯下身子来问地址。弗瑞迪·马林斯跟布朗先生都从马车窗口伸出头来，给赶车人不同的指示，一时情况大乱。那赶车的弄不清到底该在路口什么地方放布朗先生下车，于是凯特阿姨、朱莉娅阿姨跟玛丽·简站在台阶上帮着说，有的说东，有的说西，又笑个不停。只有弗瑞迪·马林斯笑而不言。他不停地冒着碰坏帽子的危险在车窗口伸脖子缩脑袋的，忙着向她母亲报告讨论的进展如何，最后布朗先生扯起嗓门儿压过大家的笑声向那个被弄迷糊了的赶车人说：

“你可知道三一学院？”

“先生，知道。”赶车的人说。

“那就一路直赶到三一学院大门口，”布朗先生说，“到了那儿再告诉你往哪儿走。懂了吧？”

“懂了，先生。”赶车的人说。

“那就快马加鞭往三一学院去吧。”

“行，先生。”赶车的人说。

马儿果然加上了鞭，车子就辘辘沿着码头跑了起来，一片笑声与告别声伴随着远去。

加布里埃尔没跟其他人走到大门口。他站在大厅的一个暗处凝望着楼梯。有个女子站在第一折楼梯顶上，也在暗处。他看不清她的脸庞，倒看出了她裙子上赤土橙红两色相间的格子，但那在阴暗中却成了黑白二色。那是他妻子。她斜倚在栏杆上正细听着什么。加布里埃尔见她纹丝不动，觉得很奇怪，也跟着谛听。可是，只有大门台阶上的笑语喧哗，钢琴上奏出的几个和弦声，以及一个男声唱出的几个音符，此外他什么也没听见。

他静静地站在大厅的幽暗里，一边想听清楚那歌声的曲调，一边向上凝望着他的妻子。她的姿态既优雅又神秘，仿佛是什么东西的一个象征。他暗问自己，一个女人站在楼梯的暗处，倾听着远处的音乐，那到底是什么样的一个象征呢。假如他是个画家，他就要画她这样的姿态。她戴的那顶绒帽，衬着黑暗的背景把她那头深棕色的头发显出来，而她裙子上的暗色块该把那些亮色块显出来。假如他是画家，他要把这幅画题名为《远处的音乐》。

厅门关上了，凯特阿姨、朱莉娅阿姨和玛丽·简走过大厅，她们的笑声仍不绝于耳。

“哎呀，弗瑞迪是不是不成样子？”玛丽·简说，“他实在太没样子了。”

加布里埃尔没出声，只用手向上指指他妻子正站着的那个楼梯口。由于大门关上了，那歌声跟琴音这会儿听起来也就比较清晰了。加布里埃尔举起手来，要他们保持静默。那支歌好像是爱尔兰的古老曲调，那唱的人好像对歌词和他自己的嗓子都不太有把握。那歌声，因为距离而显得哀怨，又因为歌者的嘶哑嗓音而苍凉，它唱出几句诉苦的词，将曲子的音律隐隐呈现出来：

噢，悲雨湿透我的头发
繁露浸透我的皮肤，
我的孩子僵卧……

“噢！”玛丽·简叫出来，“那是巴泰尔·达西在唱，他整个晚上都不肯唱。噢，在他走前，我一定要请他唱一首歌。”

“一定要，玛丽·简。”凯特阿姨说。

玛丽·简擦过其他人，往楼梯跑去，但等她跑到那儿，歌声已停，琴音也突然打住了。

“噢，真可惜！”她叫道，“葛莉塔，他要下楼了吗？”

加布里埃尔听到他妻子说要，就见她下楼往他们这边走来。在她后面几步处就是巴泰尔·达西先生和奥考拉汉小姐。

“达西先生，”玛丽·简叫道，“你真不够意思啊，我们正听你唱得出神，你就不唱了。”

“整个晚上我都在求他，”奥考拉汉小姐说，“还有康罗伊夫人也帮着劝，他跟我们说他得了重感冒，不能唱。”

“噢，达西先生，”凯特阿姨说，“你真会撒谎。”

“你难道听不出来，我的嗓子哑得跟乌鸦叫一样？”达西先生粗鲁地说。

他匆匆走进衣帽间，穿上他的大衣。大家吃了他一记闷棍，都无话可说了。凯特阿姨拧起她的眉头，做手势叫大家别再提此事。达西先生站在那儿一脸不悦，用围巾细心地裹着他的脖子。

“都怪天气不好。”稍过一会儿朱莉娅阿姨说。

“是啊，大家都感冒了。”凯特阿姨附和说。

“人家说，”玛丽·简说，“三十年没下这样的雪了，我今儿早上看报纸，说爱尔兰全都下雪了。”

“我爱看白雪。”朱莉娅阿姨伤感地说。

“我也爱看，”奥考拉汉小姐说，“我想，除非看见白雪铺上了大地，否则圣诞节就不像圣诞节。”

“可惜人家达西先生不喜欢下雪。”凯特阿姨微笑着说。

达西先生从衣帽间走出来，连扎带扣密不透风的，带着歉意说了他感冒的来龙去脉。大家都给他叮咛，说真遗憾，并劝他在夜间要千万保重他的喉咙。加布里埃尔留意到，他妻子未加入这番谈话。她正好站在尘埃满布的扇形窗下方，煤气灯的光焰把她那深棕色的头发照得发亮，他想起几天前她偎着火炉烤干头发的情景。她还是原先那个姿态，似乎没留意到身边的人在谈些什么。她到底转身向他们走过来了，加布里埃尔这才看到她面颊上泛着红色，而她的双眼炯炯发光。一片喜悦的潮水，突然从他心里涌腾而出。

“达西先生，”她说，“你唱的这支歌叫什么名字？”

“叫《奥赫云少女》，”达西先生说，“不过我记不太清楚了。为什么？你知道它吗？”

“《奥赫云少女》，”她复述，“我想不起歌名来。”

“这支歌很好听，”玛丽·简说，“真可惜你今晚不能唱。”

“嗨，玛丽·简，”凯特阿姨说，“别恼达西先生。我不要你去恼他。”

既然大家都就绪了，她就催着大伙儿到大门口去，在那儿互道晚安：

“晚安，凯特阿姨，度过这么愉快的夜晚，多谢你了。”

“加布里埃尔，晚安。葛莉塔，晚安！”

“凯特阿姨，晚安，一切都谢了。朱莉娅阿姨，晚安。”

“噢，葛莉塔，晚安，刚才没看见你。”

“达西先生，晚安。奥考拉汉小姐，晚安。”

“莫肯小姐，晚安。”

“大家晚安。平安回家。”

“晚安。晚安。”

天还没大亮，一片暗淡的黄色光芒笼罩着房屋与河流，天空好像要往下掉。脚下湿漉漉的，只有成条成块的雪铺在屋顶上、码头的矮墙上，以及分界栏杆上。路灯仍然在朦胧的空气中通红地亮着，隔着河，四法院的大楼背着沉重的天空逼人似的矗立着。她在前面与巴泰尔·达西先生并排走着，她的皮鞋用一只棕色纸袋装着挟在腋下，她的双手提起裙摆以免碰上泥泞。她的姿态已没了那种雅致，但加布里埃尔的眼中仍闪耀着幸福。他血管里的血一路蹦跳着：他的脑子里思绪起伏，有骄傲的，有喜悦的，有温柔的，有勇敢的。

她在他前面走得那么轻盈，他真想悄悄追上她，抓住她的双肩，凑着她的耳朵说句充满情爱的傻话。他觉得她是这么脆弱，所以渴望替她抵挡什么，然后跟她单独相守。他们共度的那些隐私生活中的片刻，像星星那样在他的记忆中涌出来。一只紫色信封搁在他的早餐杯旁边，他用手轻轻抚摩着它。小鸟在常春藤里唧鸣，窗帘被阳光照得透亮，沿着地板闪耀：他的心头幸福满溢，以至于吃不下东西。他俩站在拥挤的站台上，他把一张车票塞进她温暖的掌心。他跟她站在寒风中，隔着一扇铁格护住的窗口，看一个人在一口熊熊的炉火边制作瓶子。天气真冷。她的脸在寒风里散发出芳香，紧靠着他的脸。她突然间向炉旁那个男人叫道：

“炉火很旺吗，先生？”

但那人听不到她的叫声，因为炉火发出很大的声响。这样才好。说不定他会粗暴地回答呢。

一片更加温柔的浪潮自他心中逸出，一股热流涌进他的血脉。他们共同生活的那些片刻，就如柔柔的星光，谁也不知道，也永远不会知道，闪现在他的记忆里，照亮他的记忆。他渴望让她忆起这些片刻，让她忘记他们共同生活中的暗淡岁月，而只忆及那些令人心醉神迷的片刻。他觉得，岁月并不曾吹熄他或她灵魂里的火焰。他们的孩子，他的写作生涯，她的家务之劳，都不曾吹熄他们灵魂里的温柔之火。在他实时写给她的一封信里，他说："为什么这些话在我看来如此阴沉而寒冷？是不是因为其中没有一个字温柔到足以做你的名字？"

多年以前他写下的这些话，由过去向他传过来。他渴望与她独处。等到其他人都离开了，等到他跟她到了旅馆的房间里，那他们就完全独处了。他要轻柔地唤她：

"葛莉塔！"

也许她不会一下就听到，她要卸妆。然后他声音里的一样东西会引起她的注意。她会转过身来，看着他……

在崴特佛恩大街，他们碰到了一辆出租马车。车声辘辘正合他的意，因为他可以不必跟人交谈。她望着窗外，显得有些疲乏了。其他人指着某座建筑物或某条街偶尔说一两句话。马在阴霾的晨空下面疲倦地小跑前进，把他那只嘎嘎作响的破旧盒子拖在他的脚跟后面，于是加布里埃尔又跟她坐在一辆马车里，快跑着去赶船，快跑着去度他们奥康奈尔桥的蜜月。

马车驱过时，奥考拉汉小姐说：

"人家说，过奥康奈尔桥，一定会见到一匹白马。"

"这一次我倒见到了一个白人。"加布里埃尔说。

"在哪儿？"巴泰尔·达西先生问。

加布里埃尔用手指着一座铜像，上面有片片积雪。然后他熟悉地跟它点点头，又挥了挥手。

"丹，晚安。"他快活地说。

等马车靠到旅馆前面，加布里埃尔一跃而出，并不顾巴泰尔·达西先生的反对把车钱付了。他先付一先令给赶车的人当作小费。那人给他敬礼，并说：

“先生，新年发大财！”

“彼此彼此。”加布里埃尔诚恳地说。

她下车时暂时依靠着他的臂膀，等站在路边石上时，就跟大家一一道别。她轻轻靠着他的臂膀，那么轻，一如几小时前跟他跳舞时那样。他当时觉得骄傲与幸福，幸福于她是他的，骄傲于她的优雅与妻子的风范。而现在，在如许回忆重新唤起以后，乍一触及她那音乐般的陌生、芳香的身体，一股深切的欲望油然而生。在她的沉默掩护之下，他将她的手臂紧紧压到他的腰侧，一等他们站到旅馆门口，他就觉得已逃离了他们的生活与责任，逃离了家与朋友，而一起怀着激越狂放的心情奔向一个全新的境界。

大厅里有个老人在一张大型围椅中打瞌睡。他在办公室点起一支蜡烛，然后领着他们上楼。他们默默地跟着他，他们的脚步落在铺了厚地毯的楼梯上，发出轻柔的步踏声。她在门房后面登楼，一路低着头，怯怯的双肩仿佛不胜重负那样弯了下去，她的裙子则把她紧紧地裹着。他大可以伸出双臂去抱住她的臀部，把她拥入怀里，因为他的双臂由于渴望拥抱她而发起颤来，他只好将自己的指甲用力压向掌心，才克制住身体里的那股狂野冲动。门房停步在楼梯上，安置他那支淌着蜡油的蜡烛。他们也在他下面的踏阶上停了下来。在静默中，加布里埃尔可以听见熔化的蜡油滴入承盘中去的声音及他的心碰撞肋骨的声音。

门房领他们走过一条廊道，打开一扇门，然后他把那支不稳的蜡烛放在一张小台子上，并问起要在早上几点来叫他们。

“八点。”加布里埃尔说。

门房指指电灯开关，又开始说起一大串不清不楚的抱歉话，但是加布里埃尔打断了他。

“我们不需要什么灯光。街上照进来的灯光就够了。而且我以为，”他补充说，一边指着那支蜡烛，“你不如把那漂亮的玩意儿拿走，拜托。”

门房就又把蜡烛拿起来，不过是慢慢地，因为被这样一个怪念头给弄得莫名其妙。然后他含糊地说了晚安就出去了。加布里埃尔把门闩一把拉上。

街灯照进来的一片幽光，从一扇窗户泻下一道长长的光芒，直到门口。加布里埃尔将他的大衣与帽子都扔到一张长椅上。他向下望着街心，以便他的情绪会平静点。然后他反身过来，背向着光斜靠在一张五斗橱上。她已脱下了她的帽子与斗篷，正站在一面大的悬镜前面，解开她的腰带。加布里埃尔木立了一会儿，看着她，然后说：

“葛莉塔！”

她款款地从镜前转过身来，沿着那道光芒向他走过来。她的面色显得如此凝重而倦怠，使得加布里埃尔欲言又止。不行，还不到时候。

“你看起来疲乏了。”他说。

“有点。”她回答。

“你不觉得不舒服或虚弱吗？”

“不，只觉得疲倦罢了。”

她往前走到窗边，就站在那儿向外望。加布里埃尔又等待了一会儿，然后生怕内怯快要来把他打倒，就突兀地说：

“葛莉塔，有件事。”

“什么事？”

“你知道那个可怜家伙马林斯吗？”他急促地说。

“知道呀。他怎么了？”

“唉，可怜的人，他到底是个有分寸的汉子，”加布里埃尔接着用一种假声说下去，“他还了我借给他的那块大洋，而我根本不指望他还。可惜他不肯跟那个布朗保持距离，因为他在心地上本不是个坏人。”

他现在苦恼得发起抖来了。她为什么显得那么心不在焉呢？他实在不知道要怎么样自己才能再开口。难道她也在为什么事苦恼吗？只要她肯向他转过身来，或者主动走向他就好了，照这样拥有她，恐怕毫无情趣可言吧。不行，他一定得先看见她眼里有些热情才行。他渴望成为她那不可思议的情态的主宰。

“你什么时候借给他那笔钱的？”过了一会儿她问。

加布里埃尔拼命克制他自己，免得说漏嘴，用不文雅的话来说那个马林斯跟他借钱的事。他渴望由他的灵魂深处向她呼喊，渴望把她的身子紧紧抱在自己怀里，把她征服。然而他说：

“噢，是在圣诞节，就在他在亨利街开了那家小小圣诞卡铺子的时候。”

他这时因为愤怒与欲望而浑身燥热，以至于没听见她从窗口向他走过来的声音。她有那么一刹那站在他面前，莫名其妙地望着他。然后，她突然踮起脚来，用双手轻轻按上他的肩头，吻了他。

“你是一个很慷慨的人，加布里埃尔。”她说。

加布里埃尔被她这突如其来的一吻及她那句话的离奇味道弄得欣喜颤抖起来，就把他的双手放到她的头发上，并且开始把它往后抚摩下去，轻得几乎没用他的手指去碰到它。那头发是先前洗过了的，显得又纤细又光亮。他的心中洋溢着幸福。正好就在他冀望着的那一刻她主动向他走了过来。说不定她的思想跟他的在那时同驱并驰。说不定她体会到他那时内心里的激情，于是她就油然生出投怀的情意。既然这会儿她这么容易投身于他，他不禁想，她原先为什么会那么内怯？

他站着，把她的头捧在他的双手之间，然后，迅速伸出一臂把她的身子揽住并拉向他，柔柔地说：

“亲爱的葛莉塔，你在想些什么呢？”

她没回答，也没完全顺从他的手臂。他又柔柔地说：

“葛莉塔，请你告诉我吧。我觉得我知道你在想些什么。我知道吗？”

她没马上回答，然后突然热泪盈眶地说：

“噢，我在想那支歌，《奥赫云少女》。”

她挣脱了他的拥抱，奔向床铺，双臂搁在床栏上面，把她的脸遮起来。加布里埃尔木立了片刻，不知所措，然后跟着她过去。在他经过那面落地穿衣镜时，他瞥见了自己全身的反照：他那穿着衬衫的宽阔、饱满的胸膛，他那每每在镜子里看到总会令他迷惑的脸上表情，以及他那副闪闪发光的金边眼镜。他停在距她几步远的地方，说：

“那支歌怎么了？那为什么令你哭泣？”

她将头从双臂中抬了起来，像个孩子那样拿手背擦干眼泪。有一种比他想要说出来的还要委婉的语气注入他的话里。

“葛莉塔，为什么？”他问。

“我在想很久以前爱唱那支歌的那个人。”

“请问很久以前的那个人是谁？”加布里埃尔微笑着问。

“那是我在迦尔威跟我祖母同住时认识的一个人。”她说。

微笑顿时从加布里埃尔的脸上消失了。一股子莫名的怒气又开始聚集在他的心底，而他那些莫名的欲情火舌又开始在他的血脉中烈烈炽烧起来。

“是你爱过的一个人吗？”他语带讥刺地问。

“那是我从前认识的一个少年，”她回答说，“名叫迈克·富瑞。他爱唱那支歌，《奥赫云少女》。他人非常文气。”

加布里埃尔没作声。他不希望她以为他对这个文气的少年有兴趣。

“我可以很清楚地看到他，”她说，“他那对眼睛，大大的黑眼睛，以及他眼中的神色——那种神色！”

“这样说来，你那时是爱上了他喽？”加布里埃尔说。

“我常跟他出去散步，”她说，“我住在迦尔威的时候。”

一个念头掠过加布里埃尔的心头。

“说不定那就是你为什么要跟那个姓艾服的女孩去迦尔威的理由？”他冷冷地说。她凝望着他，感到意外地说：

“为什么？”

她的目光使加布里埃尔感到难堪。他耸耸肩膀，说：

“我怎么知道？说不定是去见他。”

她把目光由他身上移开，默默地沿着那道光芒望向窗口。

“他早死了，”她终于说，“他死的时候才十七岁。死得这么早不是太可惜了吗？”

“他是干什么的？”加布里埃尔语带讥刺地问。

“他在煤气厂做工。”她说。

加布里埃尔觉得受到了羞辱，一则因为他说的讥刺话落了空，再则因为无端从亡魂里招来了这么一个人物，一个在煤气厂干活的少年。他本来满怀都是他俩隐私生活的记忆，满怀的温柔、喜悦和欲望，而她恰在此际在心中暗暗拿他跟另外一个人比较。一股子对他自身感到恼羞的意识猛地袭击他，他觉得自己是个可笑的人物，在他阿姨面前扮演一个乖男孩，一个神经兮兮、好心地的、自作多情的人，对那些俗夫村女高谈阔论，冠冕堂皇地讲他自己那些小丑的情欲，正好就是他从镜子里瞥见的那个可悲的无自知之明的家伙。他本能地把背转向亮光，免得她瞧见那片猛烧上他额头的羞耻。

他设法装出冷峻审问的口气，但一开口，他的声音竟变得低声下气、无动于衷。

“葛莉塔，我想你那时爱上了这个迈克·富瑞。”他说。

“那时候我跟他很要好。”她说。

她的声音是幽隐而悲伤的。加布里埃尔现在觉得，想要把她引导到他的目的所在根本是没用的，就轻抚她的一只手悲伤地说：

“葛莉塔，他为什么死得这么早呢？肺病吗？”

“我想他是因我而死。”她回答。

加布里埃尔一听这话顿时被一股难言的恐惧所攫住，那就仿佛在他满望胜利的时候，一个摸不到的寻仇者冲着他过来，挟着幽暗境域的势力来对付他。但是他仗着理性努力地摆脱了它的辖制，而继续爱抚她的手。他没再质问她，因为他觉得，她自己会告诉他的。她的手温暖而潮湿，但并不影响他的触摸，然而他照旧爱抚着它，一如那个春天的早晨他爱抚她写来的第一封信。

“那是在冬天，”她说，“大概是冬天刚开始的时候吧，我就要离开祖母的家，到这里的修道院来读书。那时候他卧病在迦尔威的住处，人家不让他出来，并写了信到乌特拉去通知他的家人。他没起色了，他们说，或类似这样的话。情形如何我始终没弄清楚。”

她稍停片刻，并且叹了口气。

“可怜的家伙，”她说，“他很喜欢我，他又是那么斯文的少年。我们常一起出去，散步，你知道，加布里埃尔，住在乡间的人都爱散步。要不是身体有恙，他是打算去学唱歌的。可怜的迈克·富瑞，他有一副很好的嗓子。”

“嗯，后来呢？”加布里埃尔问。

“后来嘛，等到我要离开迦尔威到修道院来的时候，他更糟糕了，而人家又不让我去看他，于是我写了封信，说我要上都柏林去了，夏天会回来，希望他那时会好些。”

她停了片刻，要把声音控制住，然后往下说：

“后来，在我离开的前一晚，我在修女岛上我祖母的屋里收拾行李，听见有人向窗子扔小石子。窗子湿淋淋的，看不清楚，我就那样子跑下楼，从后门溜出到了花园，而那个可怜的家伙就站在园子的尽头，全身哆嗦着。”

“那你有没有让他回去呢？”加布里埃尔问。

“我恳求他马上回家去，对他说淋着雨会送命的。可是他说，他不想活下去了。我看到了他的眼睛，完完全全清清楚楚！他当时站在围墙的一头，那儿有棵树。”

“那他是否就回家了呢？”加布里埃尔问。

“是的，他回家了。等我到了修道院，才过了一星期，他就死了，葬在他的老家奥特拉德。噢，我听到他的死讯就在那一天啊！”

她顿住了，哽咽失声，抑制不住激动的情绪，面向下地投身到床上去，埋进棉被里啜泣。加布里埃尔拿不定主意，把她的手握了一会儿，然后觉得不好在她伤痛之际打扰她，就轻轻把它放下，悄悄走向窗口。

她睡着了。

加布里埃尔靠在他的肘上，一边毫无怨尤之情地望着她那缠结在一起的头发与半张着的嘴，一边听着她那深沉的呼吸声。原来她的生命有过这么一段恋情：有个男人为她而死。他，她的丈夫在她生命里扮演了多么微不足道的角色，这他现在想来已几乎不令他感到痛苦了。他望着她睡着，就如他跟她从未像夫妻那样共同生活过。他好奇的目光久久停在她的脸上及头发上，而且，当他想到在她初现少女之美时，她必定是个怎样的人，他的灵魂中就油然对她生出一种奇异的怜惜。他甚至不愿意向他自己说，她的脸庞已不再美丽了，但是他知道，那已不是当初迈克·富瑞冒死亡之险去看的脸。

说不定她未把整个故事告诉他。他的目光转移到那张她扔了一些衣服在上面的椅子。一条衬裙带子垂到地板上。一只女靴直立着，软软的靴帮子倒了下来，它的伙伴躺在它身旁。他回味着一小时前他内心里的激越情绪。那是从哪儿开始的呢？从他阿姨的晚餐，从他那篇愚蠢的演讲，从葡萄酒跟跳舞，在大厅道晚安时的逗笑，沿河岸踏雪而行的快意。可怜的朱莉娅阿姨！她很快也会成一片幽影，与派崔克·莫肯跟他那匹马的幽影在一起了。她在唱《为了新郎而打扮》时，他有那么一刹那瞧见了她面庞上的憔悴神色。说不定他很快就会再坐在那同一间客厅里，一身素黑，膝盖上搁一顶丝帽。百叶窗都放了下来，而凯特阿姨会坐在他旁边，边哭边擤鼻涕，告诉他朱莉娅怎么死的。他会搜索枯肠，想找些话来安慰她，却只找到些蹩脚不管用的。不错，不错，那很快就会发生的。

房间里的空气令他的两肩感到寒冷。他小心翼翼地将身子钻进被子下面，躺在妻子的身边。他们会一个接一个地全成为幽影。最好的是披着一种激情的全面荣光勇敢地走进另外一个世界，胜过因为老迈而可怜地褪淡萎缩。他想到，躺在他身边的她，这么些年来在她的心扉里，都锁着她情人向她说不想活下去时的眼神。

加布里埃尔的眼里溢出了大量的眼泪。他自己从未对任何女子有过那样的感觉，然而他知道，这样一种感情必定是爱。他眼中的泪水愈积愈多了，而在幽幽的黑暗中，他想象他看见了一个少年人，站在一棵滴着雨水的树下面。他旁边还有别的影子。他的灵魂已走进无数逝灵所居之域。他意识到他们飘忽明灭之间的存在。他自己的存在也渐渐隐入一个不可触及的灰暗世界：这些逝灵从前生长居住过的实地世界，则在渐渐瓦解与缩小。

敲在窗玻璃上的几下拍打声使他转向窗户。天又开始下雪了。他睡眼惺忪地望着那些翻银闪白的雪花，倾斜着落向那路灯。这该是他向西出发旅行的时候了。不错，报纸上说得对：爱尔兰全境都降雪了。雪落在那片肥沃的中央平原的每个地方，落在那些光秃秃的丘陵上，轻柔地落在更远处的艾伦沼泽上，轻柔地落进山农河出海处阴暗险恶的波涛中。雪也落在迈克·富瑞长眠之处的山上墓园的每个角落。片片雪花堆积在那些歪歪斜斜的十字架及墓石上，堆积在小小园门的尖矛上，堆积在那些荒凉的荆棘上。他听着白雪无声地落在这个世界的每个地方，无声地落着，就如它们落向最后的归宿，落在一切活人与逝灵身上，他的灵魂慢慢地失去了知觉。